『ワームウッドの幻獣』

日に見えぬ空気の砲弾が、機動隊員を直撃した。（64ページ参照）

ハヤカワ文庫 JA
〈JA970〉

クラッシャージョウ⑨

ワームウッドの幻獣

高千穂 遙

早川書房
6536

カバー／口絵／插絵　安彦良和

目次

ワームウッドの幻獣

わたしは、神の御座《みざ》と四体の聖獣と長老たちに囲まれて立つ小羊を見た。小羊は屠《ほふ》られたように思われ、七つの角と七つの目を持っていた。それは、全世界へと遣わされた神の七つの霊であった。

ヨハネの黙示録　第五章の六

プロローグ

ピエトロは、沢にいた。呼集を受けてから、すでに八十時間以上が過ぎている。その間に睡眠をとったのはわずかに三時間だ。あとは、ずうっと山野を走りまわっている。不快な仕事だった。十八で宇宙軍に入って、歩兵生活は十七年に及ぶ。その十七年で、もっとも気分の悪い仕事。それがこれだ。

ピエトロのチームは、この七十時間で八人の男女を殺した。八人は敵ではない。武装もしていない。ただの一般民間人だ。むろん、犯罪者でもない。

傭兵《ようへい》になんぞ、なるんじゃなかった。

ピエトロは、心底そう思った。上官と対立し、連合宇宙軍を除隊した。命の捨て場所は自分で決める。誰にも強制されたくない。そのように考えて、傭兵の道を選んだ。なのに、なぜか、こんな仕事をするはめになった。違法殺戮《さつりく》に手を染めることになってしまった。いまとなっては、悔やんでも悔やみきれない。

八十二時間前だ。

カンパニーのボスからふいに言われた。

「事故が起きた。出動してくれ」

即座に命令に従った。待機状態にあったので、チームメンバーの十一人は、ひとり残らずそろっていた。全員、かれがスカウトし、育ててきたベテランの傭兵ばかりである。ピエトロは兵士の養成所を持っている。十年前、仲間と共同で設立した。部下はすべて、そこの卒業生だ。腕も気心も、よく知っている。ピエトロの命令には、絶対的に服従する。

仕事の内容は、信じがたいものだった。

事故で土石流が起き、町がひとつ潰滅《かいめつ》した。住人の半数が死んだ。が、まだ半数が生き残っている。その半数を皆殺しにしてほしい。

命令を聞き、ピエトロは自分の耳を疑った。それは犯罪だ。合法的な戦闘ではなく、実行したら、明らかに大量殺人となる。

「やりたくなければ、やらなくてもいい」カンパニーのボスは、言葉をつづけた。「だが、やらなかったら、おまえたちの生命はここで終わる。こちらも必死なのだ。やらなければ、カンパニーがつぶれる。それを阻《はば》むためにはなんでもやる」

拒否はありえなかった。カンパニーの命令に、ノーという答えはない。

土石流で埋まった町に飛んだ。集められた傭兵チームは、二十を超えていた。総勢で五百人近い大部隊である。

町の周囲を徹底的に捜索した。予想外に生き残った人びとがいた。出会うたびに、ピエトロはかれらを射殺した。レーザーガンとブラスターで、その肉体をあとかたもなく灼《や》いた。

三日目。

捜索範囲が広げられた。徹底的にやるというのは嘘《うそ》ではなかった。町を中心に数百キロのオーダーで、生存者を探せ。そのように、カンパニーから命じられた。

無駄な時間が流れた。潰滅したのは、人口が五千人に満たない小さな移民集落だ。そこまでやらなくても、もうすべての住民を殺しつくした。ピエトロは、そう判断していた。

間違っていた。

正しかったのは、カンパニーだった。

無線機に報告が入った。

「835」

短い数字の羅列《られつ》だ。すぐにきてほしい。部下からの要請である。

部下は沢の上流にいた。崖を登り、すぐに部下のもとへと向かった。

五人の兵士が、岩場の外れにいた。そこに洞窟がある。

レーザーガンを手に、洞窟の正面に立った。兵士のひとりが、ピエトロの横にきた。

「四十三人います」囁《ささや》くように、部下の兵士は言った。

「全員が十八歳以下の子供です」

「子供？」

「キャンプにきていたみたいです。成人はひとりもいません。最年少は十一歳です」

「…………」

「どうしましょう？」

「…………」

ピエトロは、言葉を失った。どうしようと言われても、やることはひとつしかない。

皆殺しにしろ。それが命令だ。老若男女は問わない。町の住人ならば、有無を言わさず殺せ。そう厳命されている。

「ジョン、喧嘩《けんか》はやめろ」

「ロミカ、水をくれ」

「だめだよ。ニコラ」

「セルジュとイェルク、そろそろ起きろ」

「誰だハンナを泣かせたのは？」

「やめて。痛いわ」

「うるさいなあ」

洞窟から声が聞こえた。

子供たちの声だ。声音《こわね》が幼い。

「どうするんです？」

また、兵士が訊《き》いた。

「至急、全員を集めろ」ピエトロは言った。

「暗号で集めるんだ。他の部隊にはわからない乱数を使え」

「はっ」

兵士は敬礼し、その場を去った。

決断しなければならない。

ピエトロは、自分のからだが小刻《こきざ》みに震えていることに気がついた。

忠実な歩兵として生きてきて十七年。

いまはじめて、ピエトロは、おのれの規範を破る。

「くそくらえだ」

小さくつぶやいた。

洞窟に目をやった。
四十三人の少年少女。
本当にくそくらえだった。

第一章　ミス・ギャラクシー

1

議場の扉がひらいた。

評議員が、いっせいに立ちあがった。席から離れ、議場の外へと向かう。

第五十二回定例クラッシャー評議会が、たったいま閉会した。評議員は、これから夏の休暇に入る。

ロビーに、評議員がでてきた。衛視《えいし》に囲まれ、議長も姿をあらわす。クラッシャーダンだ。すらりと背が高い。齢《よわい》六十をとうに過ぎたが、その挙措《きょそ》に衰えの色は見えない。端正な顔に、鋭いまなざし。きびきびと足を運ぶ。

「いい仕切りだったな」

ダンの前にひとりの評議員が立った。ダンとほぼ同年配の老クラッシャーだ。背は、ダンよりも頭ひとつほど低い。どちらかといえば、がっしりとした体格である。浅黒い肌にえらの張ったあご、髪は極めて短いクルーカットだ。

「エギルか」ダンは声をかけてきたクラッシャーに視線を向けた。

「ポータリアの件では、ずいぶん粘ってくれたな」

「当たり前だ」クラッシャーエギルは、がらがらとした声で応じた。

「生ぬるい処置は、将来あるクラッシャーをだめにする。びっしびしやらねばあかん。半端《はんぱ》な同情なんぞ百害あって一利なし。俺は、その方針で娘を鍛《きた》えてきた。おまえもそうじゃなかったのか？」

「厳しい質問だ」ダンは苦笑した。

「もう議会は終わったんだぞ」

「ちっ」エギルも薄く笑った。

「あのクラッシャーダンがすっかり政治家になってやがる」

「そう見えるか？」

「ああ」エギルは大きくうなずいた。

「見えるどころか、口調、物腰、やってること。何もかもが政治家のそれだ。妥協とごまかしの姿勢が全身にあふれている」

「少なくとも、きみに妥協した記憶はないな」

「だから、よけい気に入らねえ」

「やれやれ」

「一杯、飲むか？」

エギルが訊いた。

「悪くない」

ダンは同意した。閉会記念の乾杯だ。そういう儀式は歓迎する。それがクラッシャーだ。

「飲みながら、たっぷり説教してやる」

エギルは大声で言った。

クラッシャー。

宇宙のなんでも屋である。

二一一一年、人類は自在に宇宙を駆けめぐる自由を手に入れた。

ワープ機関の完成だ。これにより、人口の爆発的増加で危機に瀕《ひん》していた人類は、あらたな生存権を得ることが可能になった。

人類は、全銀河系への進出を開始した。

しかし、宇宙は危険に満ちていた。簡単に人類を受け入れてはくれなかった。宇宙船が航行する航路は未整備で、植民者はブラックホールや宇宙塵流を手探りでかわし、新天地をめざした。また、それだけ苦労して目当ての星にたどりついても、そこに移民するためにはなんらかの惑星改造《テラフォーミング》を必要とした。まったくの無改造で居住できる惑星はほぼ皆無であった。

移民者はそれらの問題解決に必死で取り組んだ。生命を賭《と》して、自分たちの生存環境を構築していった。

二一二〇年ごろ、クラッシャーと名乗る一群が宇宙にあらわれた。

かれらは、浮遊宇宙塵塊の破壊、惑星改造、機材の搬送、護衛などの仕事を専門とする銀河の流れ者集団であった。かれらの登場によって、状況は一変した。大きく滞《とどこお》っていた移民計画が、急速に進みはじめた。

それから四十年。

銀河系は人類のものとなった。

移民は惑星単位から太陽系単位へと規模を拡大し、地球連邦政府から独立した太陽系国家の数は八千に及んだ。それに伴い、当初はならず者と同義語であったクラッシャーの概念も、完全に変わった。おおいぬ座宙域に属する惑星、アラミスに拠点を築き、独立国家にも等しい運営組織をつくりあげた。

そのクラッシャーのすべてを統括する組織が、クラッシャー評議会である。

議長をつとめるのは、クラッシャーダンだ。

銀河系で最初にクラッシャーをみずから名乗った男である。

クラッシャーダンとクラッシャーエギルは、議員会館のバーに入った。

ボックス席は、すでにその多くが埋まっている。みな、評議会の議員たちだ。会期終了ということで、議事堂から大挙して押し寄せてきた。

ふたりはＶＩＰルームへと案内された。

「もうすぐ十年か」

ソファに腰を置くなり、エギルが口をひらいた。

「なんの話だ？」

ダンが訊いた。

「引退してからさ」

エギルはわずかに口もとを歪《ゆが》めた。

「いろいろなことがあったな」

ダンはソファの背にゆったりと上体をもたせかけた。

「そうだ。いろいろなことがあった」

「十年……」

ふたりの言葉が途切れた。

ダンとエギルは、自他ともに認めるライバル同士だ。

クラッシャー歴は、ほぼ同じである。年齢はダンが一歳上だが、クラッシャーとしてのデビューの差は数日程度でしかない。

エギルはダンの後塵《こうじん》を拝した。

そのときから、ふたりの長い戦いの日々がはじまった。

さまざまな光景が、ふたりの脳裏を流れる。何十年も前の光景だ。いまとなっては、そのすべてが思い出である。

ダンがエギルの命を救ったことがあった。その逆に、エギルがダンを絶体絶命の危機から脱出させたこともある。

常に貸し借りなしの五分と五分。それがふたりの方針だ。そういう付き合いを、ふたりは四十年近くつづけてきた。

そして、九年前、ふたりは現役を引退した。大きな事故が、きっかけだった。その事故でふたりは負傷し、自分たちの代が終わったことを実感した。ダンは息子に、エギルは娘に現役クラッシャーの座を譲った。

「ジョウは元気でやってるか？」

エギルが訊いた。

「ああ、なんとか仕事をこなしている」

ダンは答えた。議長のもとには全クラッシャーの現況報告が届く。その中には、ジョウのものも当然入っている。

「そりゃ、けっこうだ」

テーブルの中央が左右にひらき、内部からグラスとボトルがせりあがってきた。アラミス特産の蒸留酒だ。アルコール度数が高い。クラッシャーは、好んでこの酒を飲む。

「なんに乾杯しよう」

エギルがグラスを手に把《と》った。酒がなみなみとそそがれている。

「会期の終了だ」ダンが言った。

「おまえのおかげで四日も延長させられた」

「筋を通しただけさ」

グラスとグラスを、ふたりは合わせた。軽やかな金属音が響いた。

くいっと、ふたりは酒を飲み干す。

「うめえ」

にっと笑い、エギルはボトルをつかんだ。二杯目をグラスについだ。

「ダーナも活躍しているんだろ？」

ダンがエギルに問いを返した。

「ぼちぼちだな」エギルは二杯目をあおる。

「半年前にAAAに昇格した。娘三人が、ひとつのチームだぞ。気の休まるときがない。

事故のニュースが入るたびに、心臓が跳《は》ねあがる」

「鋼鉄《はがね》のエギルとは、とても思えないせりふだ」

「かわいいんだよ。娘ってのは」

三杯目を飲んだ。並みの人間なら、もう酔いつぶれている。しかし、エギルの四角い顔には、まだ赤みひとつさしていない。

「評議会が、新しい仕事を承認した」ダンは言葉を継いだ。

「依頼してきたのは、アルゴ・トレーディングと、グノッサ・コーポレーションだ」

「それはすごい」エギルの太い眉がぴくりと跳ねた。

「くそったれカルロスと強欲ボン・ノフロロが手を組んだのか」

「詳しい事情はわかっていない。だが、依頼内容に問題はなかった。仕事は護衛。AAAランクのチームをふたつよこしてくれと言ってきた」

「…………」

「評議会はスケジュールをチェックし、クラッシャージョウとクラッシャーダーナのチームを推薦《すいせん》した」

「ふむ」

エギルは小さく鼻を鳴らした。ジョウはダンのひとり息子だ。ダーナはエギルの長女である。

「なかよくやってくれるかな」

ダンは二杯目のグラスを傾け、酒を喉《のど》の奥に流しこんだ。

「さあて」エギルは四杯目のグラスを手にした。

「俺とおまえが、なかよく仕事をしたことがあったっけ？」

上目遣《うわめづか》いに、ダンを見た。

「忘れたよ」

三杯目のグラスを、ダンはエギルに向かって突きだした。

「もう一度、乾杯しよう」

低い声で言った。

「いいねえ」エギルは応じた。

「息子と娘のチームワークに」

「乾杯だ」

また、軽やかな金属音がふたりの耳朶《じだ》を打った。

2

「こんな感じで、どうかしら？」

フィッティングルームから、スタイリストとともにアルフィンがでてきた。

「！」

ジョウの目が丸くなった。タロス、リッキーはぽかんと口をあけた。

「ちょっと地味じゃない？」

アルフィンは腰をひねり、自分のからだを眺めまわす。ウルトラマイクロビキニ。最小限の布でつくられた、超小型の水着だ。胸と股間の一部が、赤い布で申し訳程度に覆われている。身につけているのは、ほかには白いピンヒールのサンダルだけだ。

「ねえ、どう思う？」

アルフィンは質問を重ねた。背すじを伸ばし、ポーズをとる。そのたびに、長い金髪がふわりと揺れる。純白の肌に、ピュアレッドのウルトラマイクロビキニが刺激的に映《は》えている。くびれた腰。ほどほどに豊かな胸。頭が小さく、手足がすらりと長い。

「どう思うと言われても……」

つぶやくような声で、ジョウが答えた。アルフィンを直視できない。目をそらし、あらぬ方向に視線を向けている。

「ほんとに、こんな水着じゃないとだめなの？」

リッキーがアルフィンの背後に立っている小柄な女性に訊いた。大会を主催している組織によってアルフィンの担当となったスタイリストだ。名前はマクギー。年齢は見た目で二十四、五歳である。

「水着の選定も得点に影響します」マクギーはリッキーをまっすぐに見た。「アルフィンのすばらしい肢体を十分に印象づける水着が必要です。これほどのプロポーション、隠すのは絶対に不利です。勝つためには、可能な限り露出を大きくすべきです」

「勝つためと言ってもさあ」リッキーは首を横に振った。

「アルフィンは勝負とは関係ない出場者だろ」

「なんですって！」リッキーの言を聞いたアルフィンの目の端が、きりりと吊りあがった。

「あたしが勝負と関係ない？」

美しい金髪が逆立った。唇がわなわなと震えている。

「いや、あの、その」

リッキーは怯《おび》えた。アルフィンの目を見て、はじめて自分が恐ろしい発言をしてしまったことに気がついた。

「ばーか」

タロスは壁に背をもたせかけ、そっぽを向いている。

「リッキー、それ、どういう意味？」

アルフィンが、リッキーに詰め寄った。十七歳のアルフィンに対して、リッキーは十五歳。しかも、リッキーはひときわ背が低い。力も弱い。口でも、アルフィンに負ける。

「だ、だって」それでも、リッキーははかない抵抗を試みた。

「これは仕事なんだぜ。俺《おい》らたちの任務は、このコンテストの主催者の護衛だ。アルフィンが出場するのは、内部からクライアントを保護するため。ミス・ギャラクシーになるのが目的じゃないはずだぞ」

「ふーん」宝玉のごとき碧眼《へきがん》のまなざしを糸のように細め、アルフィンはリッキーを見おろした。

「あたしはミス・ギャラクシーって柄《がら》じゃないと言うのね」

「んなこと言ってねーよ」

「どうせ、あたしはがさつなクラッシャー」アルフィンは指を胸もとで組み、視線を頭上に向けた。

「いくらがんばっても、美の競演には縁がない」

「人の話を聞け！」

「でも、あたしはめげない」きっとなり、アルフィンはリッキーに向き直った。

「仲間の偏見、罵声《ばせい》に耐えて、栄光をつかむ」

「だから、話を聞けってば」

「ジョウ！」アルフィンは首をめぐらし、ジョウを見た。

「あなたは、どう思う？」

「すばらしい。最高。銀河一」ジョウは即座に言った。

「その水着もぴったりだ。アルフィンなら、必ずミス・ギャラクシーになれる。仕事も完璧にこなす。間違いない」

こわばった表情で、断言した。

「うれしい」アルフィンの顔がぱあっと明るくなった。

「やっぱり、ジョウはわかっているのね」

ジョウの首に抱きついた。

「おとなになったなあ。ジョウ」

そっぽを向いたまま、タロスがつぶやいた。

ノックの音がした。

「はい」

アルフィンが返事した。

「失礼」

ドアが横にスライドして、タキシードを着た男がひとり、うっそりと入ってきた。背後に若い女性がついている。

ボン・ノフロロだ。今回の仕事のクライアントである。端正な面立ちで、肌が黒い。短い髪が細かく縮れている。年齢は五十三歳。百八十六センチ、百キロのからだは、鍛えあげられた筋肉で堅固に鎧《よろ》われている。

「準備は、どうかね？」

ジョウに向かい、ノフロロは訊いた。

「完了している」ジョウは間を置かず、答えた。

「システムの設置は完全に終わった。テストもおこなった。この会場にいるすべての人びとの動きをキャッチし、この……」

ジョウはちらりと背後を振り返った。部屋の隅にコンソールデスクがある。その前に、一台のロボットが立っている。ドンゴだ。細長い円筒形のボディに、卵を横倒しにしたような形状の頭部が載《の》っている。頭部にはレンズや端子、LEDがまるで顔の造作のように配され、それがさまざまな色の光を放つ。身長は、およそ一メートル。足はなく、かわりに車輪とキャタピラがついている。いまはキャタピラ走行だ。タロス、アルフィン、リッキーにつづく、ジョウのチーム、五人目のメンバーである。

「ドンゴがデータを解析する。尋常《じんじょう》でない動きがあれば、絶対に見逃さない。必ず捕捉《ほそく》する」

「けっこうだな」ノフロロは薄く笑った。

「クラッシャーを二チームも雇ったのだ。テロリストなど、ぜひ一蹴《いっしゅう》してほしい。強く期待している」

言いながら、ノフロロはうしろに立つ若い女性に目をやった。背の高い、筋肉質の女性である。ヒールのあるブーツを履《は》いているので、頭の位置がノフロロとほとんど差がない。数センチ、低いだけだ。セパレートタイプの、からだにぴったりしたクラッシュジャケットを身につけている。色はメタリックオレンジ。派手な仕事着だ。一キロ離れた場所からでも、その姿を見分けられる。

クラッシャーダーナ。

〝地獄の三姉妹〟の長女である。

「おまえは、その水着で審査に臨むのか？」

ダーナが前にでた。アルフィンの正面へと進んだ。

「え？」

いきなり声をかけられ、アルフィンはとまどっている。

「幼児体形だ」ダーナはじろじろと無遠慮にアルフィンの全身を眺めまわした。

「それではルーに遠く及ばない。選考基準に達しない者が出場しても観客の疑いを呼ぶだけだ。テロリストに正体を見破られる恐れもある。出場は、考え直したほうがいいぞ」

低い声で、淡々と言った。

「幼児体形！」

アルフィンの表情が凍った。

クラッシャールーは、ダーナの妹である。三姉妹の真ん中で、十八歳。ダーナとは六つ違いだ。彼女も内部警護のため、このコンテストに出場する。

今回の仕事は、アラミスを通して依頼がきた。

AAAランクのチームを二組、護衛として四週間ほど雇いたい。

そういう注文だった。

クラッシャー評議会は業績ランクとスケジュール、仕事の得手不得手を吟味《ぎんみ》し、クラッシャージョウとダーナのチームをクライアントに推薦《すいせん》した。

この推薦は、絶大な力を持つ。クライアントもクラッシャーも、これを断ることはない。クラッシャーはとくにそうだ。どんな事情があっても、推薦された仕事を受ける。評議会推薦の仕事は、クラッシャーにとって最高の勲章だ。それは一種の保証といっていい。何千組といるクラッシャーのチームの中から、この顔ぶれがいちばんだと評議会によって公式に保証されたことになる。これほどの名誉は、ほかにない。

当然、ジョウはこの仕事を迷うことなく受けた。

受けてすぐに、指定された惑星へと赴《おもむ》いた。

太陽系国家ルビーサスの第四惑星、ドミナンである。

着いてはじめて、雇われたのが二組だったと知った。

ふたりの男が、ジョウとダーナのチームを出迎えた。

ひとりはアルゴ・トレーディング経営最高責任者のカルロス。もうひとりは、グノッサ・コーポレーション筆頭株主のボン・ノフロロである。

「わしらを護衛してもらいたい」カルロスが言った。

「まずはミス・ギャラクシーコンテストだ」

「ミス・ギャラクシー？」

「銀河一の美女を選ぶ大イベントだよ」ノフロロが説明した。

「テロリストが、この大会を狙っている」

3

「おもしろいこと、言ってくれるわね」

アルフィンが気をとり直した。

こみあげる怒りをぐっと抑え、ダーナを睨《にら》みつける。腰に手をあて、胸を大きくそらす。

「単なる事実の指摘よ」ダーナは言い返した。

「いやみや皮肉じゃないわ」

明らかにいやみと皮肉がないまぜになった微笑を、ダーナは口もとに浮かべた。

まずい。

ジョウは唇を嚙《か》んだ。

そもそもジョウは、二チームが同時に雇われたことが不快だった。仕事はふたりの人間の護衛だ。通常は一チームで請け負う仕事である。二チームは要《い》らない。人数が多ければいいというものではないのだ。それどころか、指揮権争いが生じたりして、かえって不都合が生じる。侮《あなど》られたという印象が拭《ぬぐ》えない。

だが、それはジョウたちが我慢すればすむことだった。受けてしまった仕事に不満を持っても、いいことは何もない。

それよりも大きな問題が、いまひとつあった。

もう一チームがクラッシャーダーナのそれだったということだ。

ジョウはダーナのチームと相性が悪い。

九年前からそうだった。この三姉妹はジョウに敵愾心《てきがいしん》を抱いている。

理由はわからなかった。ジョウの父親であるダンと、ダーナたちの父親であるエギルは、古くからのクラッシャー仲間だ。仕事でふたりが組んだこともあり、ジョウはダンとエギルの仲が悪いという印象を持っていない。ジョウ自身、エギルにはずいぶんかわいがってもらった。

「うちは娘だらけだからなあ」とこぼしながら、エギルはジョウを自分の船に誘った。ジョウが生まれてはじめて操縦レバーを握らせてもらった外洋宇宙船は、エギルの駆る〈モルダウ〉だった。ダンの愛機、〈アトラス〉ではない。

しかし、エギルの娘たちは、会った最初からジョウに対して反感を剝《む》きだしにしていた。ジョウはこれを、娘しかいないことばかり嘆く父親への反撥《はんぱつ》からくるものと思っていたが、そうではなかった。三姉妹はエギルを深く尊敬していた。そのエギルは、ダンを強くライバル視している。評議会では野党の立場で、ダンの政策にあれこれ異を唱える。にもかかわらず、ダンの息子をかわいがる。複雑な思いとわだかまりが、エギルの娘たちの心中には充満している。その対象はクラッシャーダンとかれの息子だ。が、ジョウはそのことを知らない。まったく気づいていない。

ダーナのチームと組んで、ひとつの仕事を遂行《すいこう》する。

何かが起きる。

そのことを耳にして、ジョウはそう思った。

その兆候が、いまあらわれている。

「まあ、いいわ」腕を組み、ダーナはきびすを返した。

「結果はすぐにでる。仕事に悪影響がでないことだけをあたしは祈っている」

ノフロロの背後に戻った。

「では、予定どおり、一時間後に開場だ」ノフロロが言った。

「このコンテストは全銀河系に生中継される。くれぐれも醜態《しゅうたい》を放送されないよう対応してくれたまえ」

「…………」

ノフロロとダーナが部屋をあとにした。ドアが静かに閉まった。

「やってやる！」拳《こぶし》を握り、アルフィンが言った。

「絶対にあたしが優勝する」

瞳に青い炎がめらめらと燃えあがった。

「がんばってくださいね」

スタイリストが言った。

「目的が違う」

ジョウが頭をかかえた。

「やれやれ」

タロスとリッキーが肩をすくめた。

「こちら、ダーナ。そっちの様子はどう？」

「さっきリハーサルが終わったわ。異常はぜんぜんなし。いま、出場者控室に入ったとこ。そっちはどう？」

ルーが答えた。左目の眼前に小さな映像が浮かんでいる。左耳のピアスに埋めこまれた通信機兼プロジェクターから映しだされている映像だ。そこにダーナの顔が浮かびあがっている。

「会場の内外をベスが調べてきた」ダーナは言った。

「状況は、きのうまでとまったく同じ。あらたにここへ入りこんだ者はいない」

「クライアントは？」

「カルロスがきたので、張りつきをジョウのチームと交替した。現在はカルロスにジョウ、ノフロロにタロスが張りついている。トトはベスと合流した」

「リッキーってガキはどうしてるの？」

「普段着に着替えて、客席に入った。開場したら観客の中にまぎれこみ、不審者がいたらマークする。できるかどうかはわからないけど」

「そのときはベスがカバーするわ。あの子の形状識別能力なら、一度見た相手を忘れることは絶対ない。客席のほうは完全にまかせてしまって大丈夫よ」

「オッケイ。はじまったら、あたしは舞台の監視に専念する」

「じゃあ、あたしはコンテスト優先ね」

「グランプリをかっさらうの、忘れちゃだめよ」

「はいはい」

映像が消えた。ルーの耳に、控室のざわめきが戻ってきた。

水着姿の出場者が、広いホールのような部屋に何十人とひしめいている。もちろん、ルーも水着を着ている。白いパッチビキニだ。胸や腰に特殊な布の断片を貼りつけ、肢体の一部を覆う。布は可能な限り小さくした。全裸との違いは小指の先ほどもない。規定ぎりぎりの露出となっている。

いちころよ。この水着なら。

ルーはガウンを羽織《はお》った。

ミス・ギャラクシーは銀河系最大のビューティ・コンテストである。たしかに出場者のレベルは高い。だが、あたしなら、勝てる。ルーはそう確信していた。身長は百七十三センチ、バストは九十六のGカップ、ウエストは五十九だ。しかも、厳しい訓練で全身がトップアスリート並みに鍛えられている。やわなお嬢さまの肉体ではない。

「コンテストにエントリーできないかしら」とダーナが言いだしたときは、驚いた。

ドミナンに到着し、宇宙港の貴賓室で仕事の説明を受けた直後だった。

仕事はカルロスとノフロロの護衛だった。

財界の大物ふたりである。

カルロスは貿易商、ノフロロは鉱山王として、その名を銀河系に轟《とどろ》かせている。

「四週間、われわれふたりを護衛してほしい」

クラッシャーを前に、かれらはそう言った。

「あんたたちふたりを守るだけでいいのか？」

ダーナが訊いた。

「そうだ」

カルロスがうなずいた。

「この四週間、わたしたちふたりはあちこちへ行き、いろいろなことをする」ノフロロがつづけた。

「その行動すべてに同行してもらい、わたしたちの生命を守る。それがきみらの仕事だ」

「二チームでふたりを守るのか？　それとも、各チームがひとりずつを担当するのか？」

ジョウが訊いた。

「それは、あとで決める」カルロスが言った。

「最初のイベントの結果を見て、どうするかを考えたい」

「最初のイベント？」

「二日後に、ここの衛星軌道上にあるステーションを会場にして、銀河系最大のビューティ・コンテストが開催される」ノフロロが言った。

「わたしとカルロスが共同開催しているミス・ギャラクシーコンテストだ」

「ミス・ギャラクシーって、おふたりが主催されていたんですか」

ルーが言葉をはさんだ。銀河中から参加者を集め、文字どおり銀河一の美女を決する巨大コンテストである。クラッシャーでも、その名を知らぬことはない。

「七年前、開催権利を買いとった」

「そのために、共同出資で新会社もつくった」

ノフロロとカルロスは互いに顔を見合わせ、答えた。ふたりはソファに並んで腰をおろしている。対照的な風貌だ。ノフロロは背が高く、肩幅が広い。格闘家というほどではないが、明らかにスポーツマンタイプである。

一方のカルロスは、線の細い小男だ。年齢は五十五歳。温和な表情に、尖《とが》ったあご。銀髪をオールバックにしている。しかし、目つきはノフロロ同様、ひじょうに鋭い。見た目は異なっていても、このふたりは同じ人種だ。手を組むのも、当然のことである。

だが、間違いなく親友ではない。

「このイベントが、いま危機に瀕《ひん》している」カルロスが言を継いだ。

「テロリストが、攻撃予告状を送りつけてきたのだ」

「テロリストの予告状？」

「ネットワーク経由で届いた」ノフロロが言った。

「会場を血の海にすると書いてあった。宛名が、わたしとカルロスの併記になっていた」

「ふたりに恨みがあるということですかい？」

タロスが訊いた。

「それはわからない」かぶりを振り、カルロスが言った。

「ビューティ・コンテストそのものに反感を抱いている可能性もある」

「あたしたちの仕事はおふたりの護衛だけよね」

ダーナが言った。

「ああ」

「だったら、コンテストがどうなろうと、ふたりの生命を守りきればいいってことになってしまう。それで、いいの？」

「契約上は、そうなる」

ノフロロが答えた。

「でも、実際のところ、そんなふうに割りきることはできない」ダーナは淡い微笑みを浮かべた。

「困った仕事だわ」

「それについての判断は、諸君にまかせる」

ノフロロは小さく肩をすくめた。

「もうひとつ教えて」ダーナがつづけた。

「そのコンテストに、うちのルーをエントリーさせられないかしら？」

「ええっ」ルーの目が丸くなった。

「あたしがエントリー！」

4

護衛対象者がステージで挨拶《あいさつ》をする。さらに、受賞者の表彰もおこなう。ならば、コンテスト出場者のほうにも人をもぐりこませておいたほうがいい。

それが、ダーナの意見だった。

「なるほど」

ノフロロとカルロスは腕を組んだ。一理ある提案だ。

問題は地方予選が終了しているいま、強引に新しい出場者を入れられるかどうかだ。

「手はあるな」

カルロスが言った。

「わたしたちの枠《わく》か」

ノフロロがうなずいた。

ふたりが言っているのは、主催者推薦枠のことだ。主催者代表であるノフロロとカルロスは、それぞれ最終選考にひとりずつ推薦出場者をだすことができる。

「ルーというのは、どの娘《こ》かな？」

ノフロロが訊いた。

「あたしです」

ルーが一歩、前にでた。ダーナのチームの三姉妹は、全員が華やかなオレンジ色のクラッシュジャケットを身につけている。クラッシュジャケットは、クラッシャーの制服に相当する特殊なコスチュームだ。工業惑星として名を知られているてんびん座宙域のドルロイに特注してつくられるクラッシュジャケットは防弾耐熱にすぐれ、上着の裾《すそ》や衿《えり》を閉じることで簡易宇宙服としても使用が可能になっている。上着の色をひとりずつ変えれば、個人識別も容易だ。ジョウのチームでは、ジョウがブルー、タロスがブラック、アルフィンがレッド、リッキーがグリーンの上着を着ている。ブーツと一体になったボトムは銀色だ。

三姉妹のクラッシュジャケットはジョウたちがはじめて目にするデザインで仕立てられていた。

なんとセパレートタイプである。腹や肩、背中、ふとももなどの素肌が大胆に露出されている。

ただし、本当に素肌というわけではない。透明素材が皮膚に張りつき、それで完全に被覆《ひふく》されている。ドルロイで開発されたばかりの最新素材だという。機能は従来のクラッシュジャケットにまったく劣らない。姉妹は、露出部分の違いで個人識別をおこなっている。

「ふむ」

ノフロロは正面に立ったルーの全身を、鋭いまなざしでじっくりと眺めた。

細くくびれたウエスト部分と右足の膝下、それに肩口のあたりが透明素材になっている。栗色に染められた、やや長めの髪と小麦色の健康そうな肌。プロポーションは抜群だ。美貌も申し分ない。愛敬のある派手な顔だちで、エメラルドグリーンの瞳が、きらきらと輝いている。

「すばらしい」ややあって、ノフロロが言った。

「この娘なら、わたしが推薦しよう。異論はないはずだ」

「うーん」カルロスがうなった。

「きみが推薦枠を使うのなら、わしもなんとかしたいな」

ジョウのチームを見た。

ジョウの横に、アルフィンが立っている。

「そっちのチームからもひとりだすってのは、どうだ？」

ジョウに向かい、カルロスは訊いた。

「だす？」

「コンテストの出場者だ。舞台は広い。人も多く出入りする。ひとりでは、カバーしきれない。もうひとりくらいいたほうが安心だ」

「出場者って、あたし？」

アルフィンが自分で自分を指差した。

「そう。きみだ。きみなら、推薦してもいい」

「さすがはミスター・カルロスだね」

リッキーが口をはさんだ。

「？」

カルロスはきょとんとする。

「アルフィンは、もとお姫さまなんだ」

「お姫さま？」

「ピザンって国、知ってるかい？」

「はくちょう座宙域のピザンか？」

「ばっちり。そのピザンだよ」リッキーは拳を握り、親指を立てた。

「そこの国王の娘がアルフィン。俺らたちの仲間さ」

「ほお」

カルロスが身を乗りだした。首を伸ばし、アルフィンの顔をまじまじと見つめた。

「…………」

カルロスの背後では、三姉妹が唇を噛んでいる。ダーナは眉間《みけん》に縦じわを寄せた。ルーは頬が少し震えている。

「決めた！」ふいにカルロスが叫んだ。

「わしはこの娘を推《お》す。ピザンの元王女。最高だ。話題性十分、うるわしさも十分。主催者推薦にふさわしい人材だ」

「お、おい」

ジョウがあわてた。勝手に話が進む。それは納得できない。クライアントであっても、そこまでは干渉できない。ジョウの側には、拒否権がある。

しかし。

「光栄です！」

ジョウを跳ね飛ばし、アルフィンがカルロスの前に進んだ。手を胸もとで組み、カルロスをまっすぐに凝視《ぎょうし》する。

「あたし、やります」きっぱりと言った。

「ちょっと恥ずかしいけど、がんばって出場します。ステージから、怪しい動きがないかを、完璧に探ります」

「あああああ」

ジョウは言葉がでてこない。まさか、こうなるとは思っていなかった。

「甘い」

低い声で、タロスがつぶやいた。チームリーダーなのに、メンバーの心理を把握していない。リッキーがどうでるか、アルフィンがどのように反応するか、判断力に難がある。

「おもしろいことになったな」ノフロロが笑いを浮かべて言った。

「期せずして、わたしとカルロスの推薦出場者が競うことになってしまった」

「さしずめ、銀河一の美人クラッシャーを決める熾烈《しれつ》な戦いということか」

カルロスもうれしそうだ。カーニバルを前にした子供のような表情である。

「こういってはなんだが、予期していなかった楽しみがひとつ増えた」

「負けませんぞ」

「それは、こちらが言うせりふ」

　ふたりは呵々《かか》と大笑した。

　ジョウひとりが、憮然《ぶぜん》としていた。


　護衛に関する細かい段取りが定められた。

　コンテストがひらかれるのは翌日と翌々日である。初日が最終予選。二日目が決勝。どちらも銀河ネットワークで完全中継がおこなわれる。

　みずからの存在を誇示したいテロリストが狙う確率が高いのは決勝のほうだ。が、その予測の裏をかき、予選に襲撃をかけてくる可能性もそれなりに高い。

　すぐに現場で作業に取りかかることにした。

　ジョウとダーナのチームは、自分たちの宇宙船で衛星軌道にあがった。〈ミネルバ〉と〈ナイトクイーン〉だ。ジョウの船が〈ミネルバ〉である。全長百メートル、最大幅五十メートルの水平型万能タイプ外洋宇宙船だ。航空機に近い形状で、大気圏内飛行もできるように設計されている。基本塗色は白。船体側面にクラッシャーの船であることを示す青と黄色の流星マークが描かれている。

　一方の〈ナイトクイーン〉は、ダーナの船だ。九十メートル級の、やはり万能タイプ外洋宇宙船だが、こちらは垂直型である。大気圏内飛行も一応できるが、水平型ほど得手ではない。船体カラーが、クラッシュジャケットのそれに合わせてオレンジ基調にまとめられている。鮮烈といっていいカラーリングだ。

クラッシャーの二隻の船が、一隻のシャトルをはさむ形で、衛星軌道をめざした。シャトルには、ノフロロが乗っている。カルロスはべつの仕事のため、地上に留《とど》まった。その護衛にダーナのチームがトトを残した。超高性能AIを搭載した最新型のアンドロイドである。ダーナチームの一員として公式にメンバー登録されているロボットだ。外観は人間そのままである。挙動をよほど注意して見ない限り、人間と区別がつかない。それほど精巧にできている。

ステーションに着いた。

名称は〈バビロン〉。

アミューズメント・ステーションである。ありていに言えば、カジノだ。ドミナンの場合、地上でのギャンブルは法律で厳しく制限されているが、衛星軌道上では、その規定が大幅に緩和される。そこで、いくつかのアミューズメント・ステーションが建設された。〈バビロン〉はそのひとつで、カジノのほかに巨大なホールや宿泊施設を備えている。

ジョウたちはノフロロに従い、ドッキング・ポートからコンテスト会場のホールへと直行した。

ノフロロにひとり張りつき、残りの者は監視システムを設置する。アルフィンとルーは出場者としてエントリー手続きをおこなう。システム設置作業は徹夜になった。

そして。

めまぐるしい一夜が明けた。

5

「でっかいなあ」

ため息をつき、リッキーが言った。独《ひと》り言《ごと》である。まわりには誰もいない。

リッキーはコンテスト会場の客席にいた。一万人を収容できる大ホールだ。ただし、VIPが列席するアリーナ席は二百人ぶんのシートしか用意されていない。一般席は階上にあり、アリーナ席とは完全に分離されている。

リッキーはアリーナの中心部にいた。手に計測機器のセットを持ち、ときおりモニター画面に視線を向ける。

「こっちはどう?」

ベスがきた。〝地獄の三姉妹〟の末っ子だ。十四歳。リッキーのひとつ下である。しかし、身長はリッキーよりも三センチほど高い。さらに、クラッシュジャケットと一体になっているシューズのヒールのおかげで、その差は十センチ近くに及ぶ。コスチュームの色調は姉たちのそれと同じオレンジ色だ。背中やもも、腰のあたりがくりぬかれたように丸く透明になっていて、からだのラインがくっきりと浮かびあがっている。濃い栗色の髪は、三姉妹の中でいちばん長い。それを複雑な形状に編《あ》みこんでまとめた何本ものツイストテールを肩口から背後へと垂らしている。

「ちゃんとやってるぜ」

リッキーが答えた。ぶっきらぼうな返事だ。初対面以来、この三姉妹にはあまりいい印象を持っていない。

「みたいね」

ベスはふわりと動き、シートの肘掛けに腰を置いた。しなやかな挙措《きょそ》だ。体形も含め、雰囲気は少年のそれである。肢体はスリムで、手足が長い。

「ちょっと失礼」

ステージスタッフが機材をかかえて歩いてきた。リッキーは通路の真ん中に立っている。あわてて道を譲った。

スタッフが通りすぎていく。その背中を見送りながら、ベスがつぶやくように言った。

「早打ちジャッキー。美術制作担当。二十三歳。職歴二年。特技は合金ボルトの高速打ちこみ」

「ほんとかよ！」

リッキーがベスを見た。驚いている。ベスは、スタッフの顔をちらりと見ただけだ。胸につけているＩＤカードを読む時間は、ほとんどなかった。

「形状識別能力よ」にこりともせず、ベスは応《こた》えた。

「一瞬で、人の顔の特徴を記憶してしまうの。一緒に名前や経歴も覚えることができるわ。覚えたら、もう二度と忘れない」

「じゃあ、事前に？」

「さっきスタッフのデータベースをサーチして、会場にいる人間の全情報を頭に入れてきた。あなたがローデスでジョウの船に密航し、クラッシャーになったことも知ってるわ」

「どうでもいいだろ。そんなこと」

リッキーはむくれた。こういう形で、自分の過去をあばかれるのは気分のいいことではない。

「そうね」

ベスは小さくうなずいた。

「たしかに、そんなことはどうでもいいわ。――それより」客席を見まわした。

「ここ、不審なものはなかった？」

「なかったよ」唇を尖《とが》らし、リッキーはベスの問いに答えた。

「爆発物は絶対にない。客席ひとつひとつをセンサーでチェックした。壁や床にセンシングもかけたけど、怪しい通路や空洞なんかも見当たらなかった」

「ごめんよー」

「ちょっとどいてー」

また、べつのスタッフが数人、客席の間を抜けてきた。リッキーはベスのすぐ横に位置を移した。

「運営スタッフがやたらと多いわね」小首をかしげ、ベスが言った。

「無駄にたくさんいるって感じ。ロビーにも保安要員がひしめいていたわ」

「小耳にはさんだんだけど」リッキーが言った。

「なんか、前の主催者から受け継いだ契約の関係でそうなってるんだってさ。スタッフの長期契約を切らない条件で、開催権を買ったからなんだ。でも、メインスタッフには自分たちの子飼いの業者を使いたい。それで、同じ仕事をする人間がたくさんいる」

「迷惑な話だわ」ベスは両手を左右に広げた。

「おかげで、まだ全員の所在確認がすまないの」

「このあと、テレビクルーもどどっと入ってくるしなあ」

リッキーは二階席を眺めた。３Ｄのテレビカメラが、何台も手摺りに据えられている。カメラはアリーナ席の周囲や、ステージにも存在する。本番になると、このほかにテレビカメラを内部に仕込んだハミングバードと呼ばれる浮遊ロボットも、宙を舞うことになる。

「ベス」

声が響いた。凛《りん》と耳朶《じだ》を打つ、澄みきった声だった。

「こっちよ」

ベスが振り返り、叫んだ。右手も大きく振った。

リッキーの目に、トトの姿が映った。その背後に、男女の一群が十人ほどいる。全員、紺色でまったく同じデザインのスペースジャケットを着こみ、レイガンなどの軽火器で武装している。

警官だ。紺色のスペースジャケットは、ルビーサス警察の機動隊用制服である。腰にベルトをまき、大仰《おおぎょう》なヘルメットをかぶっている。

警官隊が左右に分かれた。整然とアリーナ内に広がっていく。

トトがベスの前にきた。

「なんなの、あれ？」

あごをしゃくり、ベスがトトに訊いた。

「警官隊です」

トトは短く答えた。

「そんなことわかってるわ」ベスは渋面をつくった。

「あたしが知りたいのは、どうして警官隊がここにきたかってこと」

「会場の使用規約に記されています」トトは淡々と言った。

「ここでイベントをおこなう場合は、所轄の警察署職員が立ち会わなくてはいけない。そうなっているんです。立ち会う人数や装備は、イベントの規模により、警察のほうで決めます。今回は武装した機動隊員が二十名、派遣されてきました。外に十名、内部に十名です」

「厄介《やっかい》な規定ね」

腰に手を置き、ベスは首を横に振った。

「ここでの開催は今年で七年ですが、毎年二十名の機動隊員が配備されています」トトはつづけた。

「先ほど確認しました」

「身分証の照会は?」

「おこなっています。そちらも問題ありません。全員のものをセンサーにかけました。本庁のデータベースにもアクセスしています。偽造ではありません。すべて本物です」

「ダーナはなにしてる？」

「カルロスの張りつきです。ノフロロにはタロスがつきました。会場の外、正面にはジョウがいます。わたしは、これから裏手にまわる予定です」

「ステーションの周囲はどうなってるの？」

「ルビーサス宇宙軍が軌道周辺を完全に固めました。巡洋艦を中心にした大艦隊です。あの艦隊がテロリストに乗っ取られたら、このステーションはひとたまりもないでしょう」

「やな想像をするわね」

　ベスは苦笑した。

「最悪の事態を想定するのも、重要なシミュレーションです」

「はいはい」

　ベスは肩をすくめた。アンドロイド相手では、やりとりがいまひとつ嚙み合わない。これはいつものことだ。

「では、わたしはこれで」

　トトがきびすを返した。会場から外にでていく。どうやら、警官たちに関する報告のためだけにここまでやってきたらしい。さすがに几帳面《きちょうめん》である。

「うーん」

リッキーはうなっていた。

トトがアンドロイドに見えない。そのことに驚愕している。身長は百九十センチ。どちらかといえばすらりとした体形で、予想される年齢は二十七、八歳。髪は淡いブラウンで、瞳もほぼ同色。グレイを基調にした、クラッシュジャケットを着ている。どの角度から眺めても、その姿は完全に人間だ。事前に教わっていなかったら、見破れない。

「なにしてるの？」

凝然《ぎょうぜん》と立ちつくしているリッキーを見て、ベスが訊いた。

「あいつ、本当にロボットかい？」

震える声で、リッキーはベスに尋ねた。

「なーる」ベスはにっと笑った。

「あんた、驚いているのね」

「驚くよ！」リッキーの声が高くなった。

「見た目が人間そっくりのアンドロイドには何体も会った。でも、あいつはそういうのとぜんぜん違う。しぐさも、会話も、まんま人間だ。ふつうにまばたきするし、ふつうに冗談を飛ばす」

「そうね」ベスは軽くあごを引いた。

「トトは、すごくよくできている。細かい動作を素早くさせない限り、絶対に人間と区別できない。はじめて見たときは、あたしも目を疑った。けど、トトにのしかかられるとすぐにわかるのよ」

「？」

「あれで、一G下の体重が百四十キロあるから」

「げ」

「内部にいろいろと装備しているの。秘密兵器の塊《かたまり》ってやつね。あれ以上軽くつくるのは無理だって、ドルロイのエンジニアに言われちゃった」

「秘密兵器ねえ」

「そのうちわかるわ」ベスはいたずらっぽくウインクした。

「テロリストが襲ってきたりしたら」

「うーん」

いま一度、リッキーはうなった。

6

開場時間になった。

まずはＶＩＰがアリーナ席へと入ってくる。赤い絨緞《じゅうたん》の上を進み、盛装した有名人たちが華々《はなばな》しくスポットライトを浴びる。もちろん、テレビカメラもかれらの一挙手一投足に釘《くぎ》づけだ。政界の立役者、財界のボス、ムービースター、プロスポーツ選手、芸術家。息を呑《の》むほどに豪華な顔ぶれである。

アルフィンは、開場の様子を出場者控室の立体テレビで眺めていた。いつもならVIPを目にしてきゃあきゃあ騒ぎたててしまうところだが、今回はさすがにそれをしない。椅子に腰かけ、静かに映像を鑑賞している。

控室に入ったとき、最初に目についたのは、部屋の隅ですっくと立つ、クラッシャールーの姿だった。室内全体を観察するため壁ぎわに寄っているのにもかかわらず、吸いよせられるように視線がルーのもとに行ってしまう。

強敵だわ。

アルフィンは、そう思った。もう関心の第一がコンテストの順位に行ってしまっている。カルロスとノフロロの護衛は、二の次だ。

ルーは銀色のガウンをまとっていた。その裾《すそ》がわずかにひるがえっている。ガウンの下に見える水着は白のパッチビキニだ。アルフィンの衣装以上に過激なデザインである。プロポーションによほど自信がないと、あの水着はチョイスできない。

ルーが、首をめぐらした。

アルフィンの存在に気がついた。口もとに薄く微笑を浮かべた。

がんばってねという見下した微笑だ。アルフィンは、そう解釈した。

あんたこそ、なかなかじゃない。

アルフィンは、そういう意味をこめた微笑をルーに返した。

火花が散る。視線と視線が激突し、強い不可視の電撃を放つ。

「何か、飲物などいかがですか？」

黒い球体がアルフィンの眼前に降りてきた。ハミングバードである。サービスを担当している小型のロボットだ。小さな翼とマニピュレータが、丸いボディから二本ずつ突きでている。

「ありがとう。何も要《い》らないわ」

アルフィンは答えた。答えてから視線を立体テレビに戻した。ルーとの睨《にら》み合いは意識の高揚に役立つが、そのぶん疲れる。長時間はつづけられない。ハミングバードがきたのは、いい機会だった。

画面は会場の全景に変わっていた。すでにＶＩＰの入場セレモニーが終了し、二階席、三階席が一般観客で埋まりはじめている。

控室がざわつきだした。いよいよ出番が近い。出場者の多くが優雅な身のこなしで、ふわりと立ちあがった。ガウンを着ている者は、それをはぎとる。

人の群れが、左右に分かれた。その行手にドアがある。ステージの上手、下手に移動するためのドアだ。アルフィンは上手側に進む。ルーは下手側に行く。これは、事前の打ち合わせでそうなった。ステージを両側から押さえ、広く監視する。

短い通路を抜けた。

広い部屋にでた。ステージの裏側だ。その広いスペースの大部分が直径一メートル強の円盤で埋まっている。黄金色に輝く厚さ二十センチほどの円盤だ。

個人用のイオノクラフトである。出場者は、これに乗ってステージにでる。この機体を二本の足だけで、どれほど美しく操れるか、それも得点のうちだ。出場者は、みなこ数日の間に特訓を受けてきた。しかし、アルフィンとルーはそれをしていない。クラッシャーなら、難なく操作できるはずとカルロスとノフロロが主張し、それに対してアルフィンとルーも、平気ですと言い放った。

上手側出場者は二十八人をかぞえた。総数は五十七人である。これが、きょうの審査で十人にまで絞られる。その十人が、あしたの最終決選に挑む。

スタイリストがきた。出場者ひとりにつき、ひとりのスタイリストがついている。かれらが最後の点検とメイクの補正をおこなう。ステージでは、オープニングのショーがはじまった。音楽が流れ、さまざまな色彩の光が激しく乱舞するようになった。

水着の点検と、再メイクが完了した。ディレクターがあらわれ、指示をだす。アルフィンとルーは最後にステージにでることになっていた。でたら、可能な限り高い高度を保ち、コンテストに参加しながら、ステージ全体と客席を監視する。

「こちら、ジョウ。そっちの状況はどうなっている？」

通信が入った。耳底にはめこまれた超小型通信機から声が流れた。さすがにコンテスト本番では映像投影型の通信機は使えない。届くのは音声だけである。

「いま、オープニングショーが終わるとこ」アルフィンは小声で応えた。骨伝導マイクがそのかすかな声を拾う。

「これから、いくつかセレモニーがあって、それから出番よ」

「様子はどうだ？　異常はないか」

「まったくなし。大丈夫。あたしが勝つわ」

「おいおい」

「冗談よ」真剣な声と表情で、アルフィンは言った。

「ちゃんと仕事もしてるから」

「…………」

出場者紹介のアナウンスが高く響いた。水着の美女が、ひとりずつイオノクラフトに乗る。機体がふわりと浮いた。最初の一機が、ステージへと向かった。

いよいよコンテスト開始である。

アルフィンも、自分のイオノクラフトに乗った。ヒールとくるぶしを透明な樹脂が包んだ。これで足が固定され、その微妙な動作でイオノクラフトが制御される。爪先を踏めば前進。ひねれば転回。かかとで高度調整。最大高度は十メートルに達する。

つぎつぎと出場者がステージに飛びだした。アルフィンの位置からはよく見えないが、出場者は紹介のナレーションに合わせてステージ上を舞い、自慢のポージングをおこなう。イオノクラフトを操りながらのポージングだ。簡単なことではない。失敗すれば、ぶざまな姿を観客と審査員に披露《ひろう》することになる。

アルフィンの番がきた。ディレクターが合図をした。

かかとに力を入れた。イオノクラフトが上昇した。慎重にバランスをとる。高度二メートルで安定させ、前進する。

ステージにでた。わあっという歓声がアルフィンの耳朶《じだ》を打った。一瞬、頭の中が真っ白になる。それを必死で抑えた。こんな観衆、どうということはない。ピザン時代はもっと多くの国民の前で儀式や行事をおこなってきた。

深呼吸を一回した。それで、気が鎮《しず》まった。

すうっと飛ぶ。時速数キロだ。眼下に他の出場者がいる。彼女たちと連携をとり、その上で自分の魅力をアピールしなくてはいけない。しかも、そのあいだに会場内を注視する必要もある。

反対側からルーがあらわれた。高度は、アルフィンのイオノクラフトとほぼ同じだ。

12

逆まわりに弧《こ》を描いている。

両手を広げ、アルフィンは上半身を軽くよじった。いま、アルフィンの経歴がアナウンスされている。ピザンの王女のくだりであらたな歓声があがった。巨大なスクリーンに、アルフィンの顔がアップで映しだされる。アルフィンはとっておきの笑顔をつくった。黄金色の髪が大きくなびく。

視野の端で、何かが動いた。

あやうく見逃すところだった。だが、観客に目いっぱい自分をアピールしながらも、アルフィンは本来の任務を忘れていなかった。

黒い影が、壁ぎわを動いている。

あれは？

警官だ。機動隊員の制服を着ている。

「リッキー！」小声で呼びかけた。

「へんよ。機動隊員がステージに向かっている」

「なんだって？」うわずったリッキーの声が、すぐに返ってきた。

「こっちの連中はおとなしくしてるぞ」

リッキーは上手側の客席にいた。上手からでたアルフィンは、下手側を見ている。その場所は死角だ。リッキーにも、ルーにとっても。

機動隊員が何かを右手に握った。ちらと見ただけで、それが何かをアルフィンは悟った。

レイガンだ。

からだが反応した。何も考えなかった。レイガンを視認するのと同時に、アルフィンの足先がイオノクラフトを操作した。

一気に高度を下げた。目標は、壁に近い通路を一陣の風のごとく走りぬけていく機動隊員だ。

疾駆《しっく》するイオノクラフトの上で、アルフィンは叫んだ。

「不審者発見。警戒レベル、レッド！」

通信機を通じ、その声はジョウとダーナのチーム、すべてのメンバーに届く。

水平飛行に入った。VIP席の真上をイオノクラフトがかすめていく。観客の頭上、わずかに一メートルほどの位置だ。観客たちは、これもアルフィンのアピール行動のひとつだと思っている。声援をあげる者もいる。

機動隊員が、アルフィンに気がついた。明らかに異常な動きだ。ふつうの出場者ではない。

足を止めた。機動隊員は体をめぐらし、レイガンの銃口をアルフィンに向けた。

アルフィンは膝を折り、身をかがめた。肌もあらわなこの水着だ。武器はいっさい持っていない。だが、イオノクラフトにちょっとした仕掛けを施すことはなんとかできた。右手でイオノクラフトのパネル上面の一部を押した。

鈍い音が響いた。

圧搾《あっさく》空気が噴出する音だ。高圧のボンベを機体に取りつけた。そのボンベの中の空気が一気に開放され、ガスの塊となって、前方に噴出する。

機動隊員の指が、レイガンのトリガーボタンを絞る。

その瞬間。

目に見えぬ空気の砲弾が、機動隊員を直撃した。

「ぐわっ」

小さな叫び声を発し、機動隊員が吹き飛んだ。滑るように宙を走り、背中から壁に激突した。

「きゃあっ!」

悲鳴があがった。

四方から、いっせいに湧きあがった。

7

ダーナとタロスは、ステージ正面にしつらえられた関係者席の脇にいた。

少し離れたところに、カルロスとノフロロがいる。主催者席にふたり並んで腰かけている。ダーナからカルロスまでは約二メートル、タロスからノフロロまでは三メートルほどの距離だ。本来、護衛は対象者のすぐ近くにいないといけないが、この状況ではそれができない。だから、座席の途切れた通路部分に、ダーナとタロスは身をひそめている。もっとも、タロスはひそめているとは言いがたい有様だ。身長が二メートルを超える巨漢のタロスは、フランケンシュタインの怪物そっくりの風貌をした偉丈夫《いじょうふ》で、膝を床につき、背中を丸めた姿勢でも、そのからだは小山のように高く盛りあがっている。

「人選を誤ったね。ジョウ」

通路にうずくまるタロスを見て、ダーナはそうつぶやいた。

つぶやいてから、ステージに視線を戻す。

三十分ほど前にカルロスとノフロロがステージで挨拶《あいさつ》をおこなった。その後、審査員の紹介などがあり、それから出場者が登場してきた。イオノクラフトに乗って会場全体を飛びまわるという派手な演出だ。ステージには光があふれ、音楽とナレーションががんがんと鳴り響いている。

おおっと観客が沸《わ》いた。

上手からアルフィンがあらわれたときだ。ナレーションが「ピザンの元王女だ」と叫ぶように言った。それに呼応しての歓声である。

「ちっ」

ダーナは小さく舌打ちした。肩書きだけで喜ぶ大衆が、実に苦々しい。

アルフィンにつづいて、ルーがステージに飛びだした。イオノクラフトをローリングさせ、ダイナミックに動く。また観客が沸いた。アルフィンに対して、かなり対抗意識が強い。

アルフィンが、客席のほうへと進んできた。

と。

ふいに高度を下げた。その直後に、通信機から彼女の甲高《かんだか》い声が響いた。

「不審者発見。警戒レベル、レッド！」

ダーナが床を蹴った。シートとシートの隙間に飛びこんだ。役割はひとつ。対象者の楯《たて》となる。それだけだ。護衛は襲撃者を倒すのが仕事ではない。対象者を守ってこその護衛だ。対象者が撃たれたら、その前に護衛が立ちはだかる。そして、対象者に代わって、ビームや弾丸を受ける。

両手を広げ、ダーナはカルロスの前に立った。その背後に、タロスがきている。かれもまたノフロロの正面に立ち、壁となった。

ダーナは右手にレイガンを握った。左右に目を配り、人の動きを観察する。

ビームが疾《はし》った。

糸よりもまだ細い光条が、ダーナをかすめた。ダーナは撃ってきた相手の位置を確認した。右手、壁ぎわだ。そこにルビーサス警察の制服を着た機動隊員がいる。

反撃した。周囲には浮き足立って右往左往しているVIPが何人かいる。だが、ダーナはかまわずレイガンを撃った。

ビームが機動隊員の胸を灼《や》いた。機動隊員はもんどりうって倒れた。耐熱性能の高い制服だ。致命傷にはならない。だが、ショックでしばらく身動きできないはずだ。

悲鳴があがる。観客たちが逃げまわる。

けたたましい銃撃音がダーナの耳朶を打った。

振り向くと、タロスが左腕を前に突きだし、機銃を連射している。

そんな機銃をどこに？　と考えて、思いだした。左腕だ。その中に銃身を仕込んでいた。タロスはサイボーグである。全身の八割近くが機械化されている。

文字どおり、奥の手ね。

にやりと笑い、ダーナは体を戻した。会場が大混乱に陥っている。やられた。完全にだしぬかれた。まさか本物の警察官がテロリストとは思っていなかった。しかも、それなりに武装した機動隊員である。たしか人数は二十人だ。ホールに十人、外に十人。

ダーナとタロスが、カルロスとノフロロ、ふたりのクライアントを背中あわせにはさみこみ、完全にそのからだを隠した。ふたりに対する、あらたな攻撃はない。

周囲をじっくりと見渡した。

轟音が鳴り響いた。

耳をつんざく金属音だ。

観客の人波が割れた。その真ん中から、黒い影が飛びあがる。ジェット噴射の炎が長く尾を引く。

ハンドジェットだ。ショルダーザックのように背負い、空中を飛行する。

黒い影は機動隊員だった。しかし、あんなものを持っているはずがない。かれらの装備はトトがチェックした。軽火器だけを帯びている。そういう報告をダーナは受けていた。

ハンドジェットを凝視する。

組立キットだ。これなら他の装備に擬装して持ちこむことも不可能ではない。ハンディタイプで、パイプとボンベを組み合わせただけのちゃちな代物《しろもの》である。一瞬ジャンプし、すぐに降りる。それだけの機能しかない。だが、この状況なら、それで十分だ。死角をつき、目標を完璧に捕捉《ほそく》できる。

ダーナの頭上で、機動隊員が筒状の武器を構えた。ロケット砲だ。撃ちこまれたら、ひとたまりもない。

「なめんじゃないぃぃぃぃぃ！」

叫び声を発し、誰かがハンドジェットの機動隊員の前に突っこんできた。大声をあげたのは、機動隊員の気をそらすためだ。

ルーである。イオノクラフトに乗ったルーが横から滑りこみ、機動隊員の進路をふさいだ。が、ルーは武器を持たない。頼みの圧搾空気砲は真正面の相手にしか効果がない。このままだとルーが狙い撃ちされる。

「ちーねえちゃん！」

イオノクラフトの真下で、声があがった。

ベスだ。無線で連携していた。ベスはイオノクラフトを操るルーに向かい、自分のヒートガンを投げた。そのヒートガンを、ルーは鮮やかにキャッチした。

手の中で銃が躍《おど》る。グリップを握り、腰を大きくまわす。

銃口が機動隊員を捉えた。ルーはトリガーボタンを押した。

ヒートガンの熱線がほとばしった。青白い光条が、機動隊員の持つロケット砲を直撃した。

爆発する。熱線を浴び、砲弾が暴発した。

「がっ」

機動隊員がバランスを崩す。空中でくるりと回転し、逆立ちした。

落下する。ハンドジェットの噴射で、吹き飛ぶように落ちる。床に激突した。ぐしゃっという音とともに、機動隊員はホールの床に叩きつけられた。

「やったあ！」

ベスは拳を高く突きあげた。

そのころ。

リッキーは苦戦していた。アルフィンの言葉を受け、リッキーはすぐに動いた。レイガンを抜き、手摺《てす》りに駆け寄った。

リッキーがいたのは二階席だった。一般客のエリアだ。VIPは身許《みもと》が最初からはっきりしている。テロリストがまぎれこむとすれば、一般客の中だ。そして、二階席からアリーナを狙う。クラッシャーたちはそう判断し、リッキーを二階席に配した。

しかし、予想は外れた。手摺りから身を乗りだしたリッキーは、一瞥《いちべつ》してテロリストがルビーサス警察の機動隊員であることを知った。アルフィンがかれらのひとりと対峙《たいじ》している。タロスとダーナも機動隊員とやり合っている。

リッキーはすべての機動隊員の位置と動きを確認した。

右手の三人がクラッシャーの攻撃を免れていた。かれらは隙を衝《つ》き、カルロスとノフロロに迫ろうとしきりに画策している。

リッキーは階上からの狙い撃ちを考えた。だが、それはできない。リッキーの射撃の腕では、間違いなく観客を巻きこむ。それも名だたるＶＩＰを犠牲にする。

「兄貴、どうしよう?」

撃つに撃てないリッキーは、ジョウに無線で助言を求めた。

「突っこめ」ジョウは即座に言った。

「あとは俺がなんとかする」

機動隊員は会場の外にもいた。ジョウはかれらを相手にしているはずだ。が、その緊張感は、ジョウの言葉のどこにもない。

ジョウのアドバイスに押され、リッキーは手摺りを乗り越えた。恰好《かっこう》よく飛び降りたかったが、二階席からアリーナまでは八メートル以上の高度差がある。しかも、このステーションの内部はほぼ全域の擬似重力が一Ｇに設定されている。飛び降りたら、怪我《けが》ではすまない。まず確実に生命を失う。

リッキーは壁ぎわに駆け寄った。そこに非常用のポールが立っている。そのポールにリッキーは飛び移り、くるくるとまわってアリーナに降りた。騒然となっている客席をすりぬけ、機動隊員のもとへと突き進む。

機動隊員が自分たちめがけて向かってくるクラッシャーの存在に気がついた。

すかさずレイガンを構え、撃った。

「わっ」

リッキーはうろたえた。子供と大差ないほどに小柄なリッキーである。肉薄するまで見つからないだろうと思って行動したが、さすがに機動隊員は、その道のプロである。

敵を接近させない。

レイガンの斉射を浴びて、リッキーはその場に立ちつくした。ビームがクラッシュジャケットを擦過《さっか》する。あせって反撃するが、狙いが定まらない。観客が四方に散り、リッキーは三人の機動隊員とまともに向かい合っている。

ピンチだ。というよりも、絶体絶命である。苦戦などというレベルではない。このまだと早晩、射殺される。

と思ったときだった。

壁が割れた。

会場右手の壁だ。すさまじい轟音が轟き、唐突《とうとつ》に崩れた。こなごなに砕け、瓦礫《がれき》が飛び散った。

「な、なんだ!」

リッキーはさらに棒立ちになった。爆破テロという言葉が頭をよぎった。まさか、ステーションごと吹き飛ばす気だったとか。

エンジン音が響いた。

同時に、数条のビームが断続的に疾《はし》った。

そのビームが、機動隊員のひとりを貫いた。

強力なビームである。携帯用火器のそれではない。

爆煙が左右に分かれた。霧が流れるように、視界が晴れる。

そこにあらわれたのは。

「ガレオン！」

リッキーの表情《かお》がこわばった。

戦闘用地上装甲車だ。ガレオンが会場の壁を突き崩し、アリーナ内へと突入してきた。

「諦《あきら》めろ」大音声がホールの空気を揺るがせた。

「テロリストは、すべてロックオンした。もう逃れられない。武装解除して、降伏しろ」

ジョウの声だった。

8

「ワープポイント確認」アルフィンが言った。

「あと三十分ってところね」

「どこへ行くんだろう?」

独り言のように、リッキーが言った。

「…………」

ジョウはおし黙っている。

「何もかも異例ずくめだ」タロスが口をひらいた。

「護衛を依頼しながら、行先を教えないってのは、これがはじめてだぜ」

「契約破棄ってできないの?」

アルフィンが訊いた。

「無理だな」タロスは首を横に振った。

「今回の仕事は、期間単位で受けている。四週間の間、何があってもカルロスとノフロロを護衛しなくてはいけない。クライアントがどこに行こうが、何ひとつ情報をもらえなかろうが、文句を言うのはご法度《はっと》だ。そういう条件に対して、向こうも桁違《けたちが》いの割増料金を支払っている。今回は通常の三倍だ。絶対に破棄はできない。三倍料金の違約金は半端じゃねえぞ」

二十時間前のことだった。

とつぜんクラッシャー全員がカルロスとノフロロの前に集められた。ジョウのチーム四人とダーナのチーム三人プラス一体が、ホテルの一室に入った。軌道ステーション

〈バビロン〉の中にある最高級ホテルのロイヤルスイートルームだ。カルロスの部屋である。

「わしとノフロロは、あしたから旅行にでる」クラッシャーたちの顔を見渡し、カルロスはさらりと言った。

「もちろん、きみたちにも同行してもらう。行先は極秘だ。出発し、ワープポイントに到達したら、詳細を伝える。期間は二週間以上になるはずだ。補給など必要なものがあったら、申請してもらいたい。食糧だけでなく、武器、エネルギーチューブ、銃弾のたぐいも、すべて用意する」

「船の陣容は？」

ダーナが訊いた。

「わしはわしの船、ノフロロはノフロロの船で行く」カルロスは答えた。

「わしの船につくのは、〈ミネルバ〉だ。ノフロロの船には〈ナイトクイーン〉がつく。これは専任と理解してもらってかまわない。ジョウのチームがノフロロを護衛する必要はないということだ。むろん、ダーナのチームがわしを守る必要もない。二チームとも、ミス・ギャラクシーコンテストでの働きはみごとなものだった。その働きを見てわしとノフロロとで話し合い、この編成を決めた」

「………」

話は、それで終わった。一方的な通達である。

どうやら、コンテスト終了と同時に、ふたりは、この編成を決定していたらしい。コンテストは結局、無期延期となった。

地上装甲車を持ちだしての派手な決着が、コンテスト続行にとどめを刺した。

ジョウは、最悪の事態を想定し、それに対応できるよう準備をととのえていた。ガレオンを会場近くに置いたのも、その準備の一環である。事実、これにより、派手な破壊活動でステーション全体の混乱を狙っていたテロリストの目論見《もくろみ》は一瞬でついえた。会場の中で機動隊員が攻撃を開始するのに合わせ、会場外の機動隊員も事を起こす手筈《てはず》になっていた。隠しておいたバズーカ砲を乱射し、ステーション自体に致命傷を与えないレベルで、施設のいくつかを破壊する。そういう計画があった。

が、それはできなかった。アルフィンの通報を受けたジョウが、すぐにガレオンを動かし、機動隊員の行動を牽制《けんせい》した。そこへ、会場の裏手から急行してきたトトが、背後から機動隊員に襲いかかった。

アンドロイドは火器を使わなかった。腕から電撃を発し、それで機動隊員を倒した。正確な動作に、圧倒的なパワー。

テロリストはわずか数十秒で、トトによって蹴散らされた。

そのさなかである。

リッキーからジョウ宛に通信が入った。

ジョウはためらうことなく、ガレオンで会場内に突入した。

敵は機動隊員だ。みな同じ制服を着ている。

そのデータを、ジョウはガレオンのコンピュータに入力した。コンピュータはデータに合致した人間をポイントし、照準をロックオンする。

会場の壁を破り、ガレオンはアリーナへと突き進んだ。

直後にロックオンが完了した。ガレオンが搭載していた複数のテレビカメラが会場内の様子を捉え、そこにいる数千人の人びとの中から、機動隊員だけを選《え》り分けた。

ジョウはスピーカーで警告を流した。これで武装解除してくれれば、無駄な交戦を避けることができる。

しかし、テロリストはこの段階での降伏を是《ぜ》としなかった。

数人の機動隊員が、ジョウの警告を無視してその場から逃げだそうとした。

ガレオンのビーム砲がふたりを射抜いた。

だが、三人がその攻撃をかわした。人質をとり、かれらを楯としてアリーナからの逃亡を成功させた。

扉を抜け、会場外へと三人が飛びだす。人質は途中で捨てた。身軽になり、全速で逃走する。

トトがいた。

会場の外にでたところで、三人はトトに行手を阻まれた。

ぎょっとして立ちつくした、その刹那《せつな》。

トトが三人の間を電撃のごとく駆けぬけた。

それで、この襲撃事件は終わった。意識を失って三人は昏倒し、そのまま逮捕《たいほ》された。

レイガンのトリガーボタンを押すひまさえなかった。

カルロスとノフロロは無傷だった。テロリストは二十人のうち八人が死亡し、九人が重傷を負った。クラッシャーは完璧に仕事を果たした。ただし、ミス・ギャラクシーコンテストの決勝は無期延期になった。アルフィンは思いっきりぶうたれたが、これはもうどうしようもない。

テロリストとなった機動隊員は、全員が本物の警官だった。テロリストグループは、実に四年をかけてメンバーを警官に仕立てあげ、正規の機動隊員としてかれらをこの会場へと送りこんだ。ルビーサス警察は、すぐに内部調査をおこなった。事件が終結した時点で、ほかに十一人の警官が行方をくらませていた。機動隊員はとくに優秀な警官から抜擢《ばってき》され、その任につく。テロリストグループは、三十一人のメンバーを警察に採用させ、その三分の二を機動隊員に昇格させた。

すさまじい執念である。

どういうことだろう、とクラッシャーたちは考えた。

テロリストはコンテストの粉砕ではなく、明らかにカルロスとノフロロの生命を狙っていた。これはテロというよりも、大規模な暗殺未遂《みすい》事件と言っていい。

ジョウたちは、カルロスとノフロロの経歴を洗い直した。ともに一代で、とてつもない財を築いた実業界の怪物である。うしろ暗い過去がないはずがない。

しかし、何も見つけられなかった。ふたりの過去はきれいに整形されていた。あまりにもきれいなので、加工されていることが歴然としている。が、どこがどう加工されたのかは、どうしても知ることができない。

そして。

一週間が過ぎた。

騒動の後始末に、その日数のほとんどが費《つい》やされた。再襲撃はまったくなく、淡々と経過した七日間であった。

契約は残り三週間となった。このままずうっとおとなしく過ごしてくれとクラッシャーたちは願った。しかし、その思いは、鮮やかにひっくり返された。

カルロスとノフロロが、極秘でどこかに身を移す。

事件の予感を、全員がおぼえた。

「ワープポイント、到着」

またアルフィンが言った。

その言葉が終わるか終わらないうちだった。

通信が入った。

〈ポセイドン〉からだ。

カルロスの船である。

メインスクリーンに通信映像が入った。画面いっぱいに、カルロスの顔が映しだされた。

「これよりワープに入る」低い声で、カルロスは言った。

「目的地はおおくま座宙域の惑星、ワームウッドだ」

「ワームウッド!」タロスの目が丸くなった。

「そりゃ、本気か?」

自問するようにつぶやく。

「ワープ目標は、青色巨星ルクミンになる」カルロスは言を継いだ。

「ワームウッドは、その第七惑星だ」

「ワームウッドで、何をする気だ?」

ジョウが訊いた。ジョウもワームウッドのことは知っていた。いや、宇宙船乗りで、ワームウッドの名を知らない者など、銀河系のどこにもいない。

「ハンティングだ」

カルロスは、静かに答えた。

「ハンティング」

ジョウの頬が、痙攣《けいれん》するように小さく跳《は》ねた。

第二章　苦《にが》よもぎの森

1

「ワームウッドって、こんな星なんだ」

　アルフィンが言った。

〈ミネルバ〉はワープアウトし、いまは通常航行で惑星ワームウッドをめざしている。

　銀河系への進出という人類の夢を実現させてくれたワープ機関には大きな制限があった。その最大のものが、巨大質量の近くでは、ワープができないという制限である。強い重力によって異次元空間がねじ曲げられてしまうため、ワープアウトができなくなってしまうのだ。そのため、恒星や惑星に近接した空間でのワープは固く禁じられている。

　銀河連合は、各恒星系にワープポイントを制定した。恒星系の最遠惑星の軌道半長径に一千光秒（約三億キロ）を加えた距離を半径にして、恒星を中心にした球を描く。その内側の範囲を星系と定めた。外洋宇宙船は星系外縁にあるワープポイントでワープイン、ワープアウトをおこなう。惑星からワープポイントまでは通常航行で移動する。

アルフィンは、手近なスクリーンにワームウッドの情報を表示させていた。

〈ミネルバ〉の主操縦室だ。アルフィンは空間表示立体スクリーンのシートに身を沈めている。

ワームウッドは地球型の、いわゆる〝素性のいい〟惑星だった。発見されたのは、それほど古いことではない。七年ほど前だ。大がかりな改造を必要としない地球型の惑星が見つかることはほとんどない。銀河連合はすぐに大規模な調査隊を派遣した。

だが、その調査隊は数か月後に消息を断った。

救援部隊が向かった。宇宙軍の艦隊で構成された大救助隊だった。

救助隊の連絡も、ほどなくして途切れた。再度送りこまれた救助隊も、同じ運命をたどった。

銀河連合はこの事態を重視し、ワームウッドを完全封鎖しようとした。しかし、それは発見者に拒否された。

新発見された惑星の管理権は、登録された発見者に帰属する。ほとんどの場合は、企業が登録する。惑星捜索専門の会社もあるほどだ。銀河連合は発見された惑星に対してさまざまな干渉をする権利を有するが、管理権の委譲や調査、立ち入り権を独占することはできない。勧告あたりが限度である。

結局、ワームウッドは植民星としてとくに開発されることもなく、七年が過ぎた。移民が可能な惑星が改造されず、このように放置されるのは、極めて異例のことである。

そして、半年前、銀河連合がとつぜん行方不明になっている調査隊の報告書の一部を公開した。

報告書の内容は、衝撃的だった。

調査隊は、ワームウッドの大陸のひとつで、恐竜に似た形状の大型生命体と遭遇したという。かれらは知能が高く、獰猛《どうもう》な性質を持つその生命体にアバドンという仮の名をつけた。

アバドンは体高が三メートル以上で森に棲《す》む。個体数はさほど多くない。かなりの稀少種と思われる。

報告書には、そのように記されていた。外観の描写や写真はいっさい存在していない。もちろん、標本も得られていない。

なぜ、こんな報告書を銀河連合は公表したのか。

惑星封鎖を実現させるための手段であるという推測が流れた。この説には信憑性《しんぴょうせい》があった。

稀少種が棲む惑星には、生物保護規定が適用される。この規定は、惑星発見者の管理権よりも効力が強い。適用が認められれば、惑星への立ち入り制限を設けることも可能になる。

ワームウッドの幻獣。

銀河系は、このニュースで沸いた。

未知の狂暴な知的大型生命体。もしかしたら、調査隊、救助隊の遭難にも、その生物が関わっているかもしれない。

ハンターが蠢《うごめ》きはじめた。一匹狼の宇宙生物ハンターである。稀少種を保護指定される前に捕獲し、それを研究所や動物園に売る。そういう商売をしている人びとだ。

何人かのハンターが管理会社と銀河連合の監視の目をくぐりぬけ、ワームウッドに潜入した。だが、帰ってきた者はひとりもいなかった。そのすべてが調査隊同様、消息を断った。

「存在未確認のまま、ひと月以内にアバドンが保護生物指定されることに決まった。だから、その前にわれわれがアバドンを生け捕りにする」

スクリーンの中で、カルロスが言った。ワープイン直前に通信で言葉を交わしたときのことだ。

「詳しいな」

ジョウが応えた。

「当然だよ」カルロスは薄く笑った。

「ワームウッドの管理会社のオーナーは、わしとノフロロだ」

「…………」

「保護指定がなされると、管理会社のオーナーでさえも、惑星への着陸が制限されるようになる」

「それで、指定前にアバドンを狩っちまおうと考えたってわけですな」

タロスが言った。

「自分たちの持ち惑星に、大いなる謎がひそんでいるとわかったんだぞ」カルロスはつづけた。

「これに興味を示さないやつがいたら、そいつはただの阿呆《あほう》だ。ましてや、わしとノフロロの最大の趣味は狩猟だよ。この機会を逃《のが》したら、一生後悔することになる」

「俺たちを雇ったのは、このためか？」

ジョウが訊いた。

「このためも、ある」微妙な言いまわしで、カルロスは答えた。

「しかし、きみたちがハンティングに参加する必要はない。きみたちの仕事は契約どおり、わしの護衛だ。ハンティングについてはべつに専門家を何人か連れてきた。主な作業は、かれらがやる」

「ふむ」

小さく鼻を鳴らし、ジョウはうなずいた。言いたいことはいろいろあるが、契約に対する不当行為はひとつもない。保護指定直前の駆けこみハンティングも、完全に合法である。クラッシャーはなんでも屋だが、法に触れる仕事はいっさいやらない。もしも、そういう仕事に関わった場合は、クラッシャー評議会により、厳しいペナルティが科せられることになっている。ジョウにしてみれば、この仕事に関して、少しでもそういった兆候が見られたら、即座に契約を破棄したい状況だが、どうあってもそれはできない。カルロスとノフロロは、合法非合法ぎりぎりのところを見切って契約書を作成した。さすがは実業界の大立者である。

「ほかに質問はないかな？」

カルロスの目が、ジョウの顔をまっすぐに見た。

「いまは、ない」

「では、ルクミン星系とワームウッドについてのデータを送信する。受け取ったら、ワープだ。護衛、よろしく頼むぞ」

通信が切れた。スクリーンがブラックアウトした。

「データって言っても、情報らしい情報なんて、ぜんぜん入っていないわ」アルフィンが独り言をつづけている。

「参考になるのは、衛星軌道上から撮影した3Dフォトくらいかしら」

「大陸なんかにも、一応、名前がつけられているみたいだね」

アルフィンの横からリッキーが言った。リッキーは、アルフィンの左どなりにある動力コントロールボックスのシートにいる。ジョウがすわる副操縦席の真うしろだ。

「大きい大陸は三つくらいだな」

タロスが言った。パイロットのタロスは主操縦席に着いている。アルフィンの正面だ。大きな背中が彼女の視界をふさぐ。

「エラス、ブノワ、ダモン」リッキーがデータを読んだ。

「惑星を発見した宇宙船のクルーの名前みたいだね」

「いちばん大きいのが、ダモンか」タロスが言った。

「銀河連合の調査船が降りたのは、この大陸の西海岸だ。その後、内陸へと進み、着陸後九日目に連絡が途絶えた」

「ほんとにいるのかなあ、アバドンって生物」

リッキーが首をかしげた。かれの知る限り、いるいると噂《うわさ》になった未確認生物が公式に存在していた例はほとんどない。

「恐竜に似たでかい食肉獣で、知能が高いというのは、ちょっとできすぎているな」ジヨウが口をひらいた。

「銀河連合の調査隊の報告だから信憑性がないということはないのだが、どうしても眉《まゆ》につばをつけたくなる代物だ」

「胡散臭《うさんくさ》いハンターに、胡散臭い獲物。けっこうお似合いですぜ」

タロスが言った。

「大気組成は、申し分なし。宇宙服なしで行動可能となっている」ジョウは言葉をつづけた。

「いろんなケースを想定して、到着までに護衛プランのシミュレーションをしておこう」

「想定できますか？」

「できなくても、やる。それしかない。ミスったら、それをダーナのチームに見られるぞ」

「それはまずい」タロスは大仰《おおぎよう》に首をすくめた。

「エギルに知られたら、高笑いされる。おまけに親父《おやつ》さんの耳まで直行だ。そいつは願い下げでさあ」

「やるしかないだろ？」

「たしかに」

タロスはコンソールのキーをいくつか叩いた。

メインスクリーンに、シミュレーションソフトの模式図が浮かびあがった。

2

フロントウィンドウに、青く輝く惑星の姿がある。

ワームウッドだ。

〈ミネルバ〉はワームウッドの衛星軌道に入った。すでに、一時間近く周回をつづけている。

「長いセンシングだなあ」

リッキーが言った。退屈しきっているらしく、先ほどから生あくびが絶えない。

フロントウィンドウの上のメインスクリーンが三面マルチに仕切られ、そこに宇宙船が映っている。

向かって右から、ダーナの〈ナイトクイーン〉、カルロスの〈ポセイドン〉、ノフロロの〈タンガロア〉である。

〈ポセイドン〉と〈タンガロア〉は同型船だ。水平型の二百メートル級外洋宇宙船で、外形はほとんど違わない。異なっているのは、基本となるカラーリングだけだ。〈ポセセイドン〉はゴールド、〈タンガロア〉はシルバー。ワームウッドと青色巨星ルクミンの光を浴び、神々しいまでにその船体を燦《きらめ》かせている。

「データ解析も同時にやっているんだろう」

ジョウが言った。

「こっちにまかせてくれれば、もっと早く、しかも正確に調べてやるんですがね」タロスが言った。

「よけいなことはするなの一言で断ってきやがった」

「護衛は、護衛に徹していろか」ジョウは機嫌が悪い。

「与えられた情報だけで動くのは、危険すぎる。今度のクライアントは、そのことがわかっていない」

「あるいはわかっていて、試しているのか」

タロスはゆっくりと腕を組んだ。

「とりあえず、地上の撮影だけはずうっとしてるわよ」アルフィンが言った。

「これなら、やっててもばれないから」

呼びだし音が鳴った。短い電子音だ。

〈ポセイドン〉から通信である。

スクリーンにカルロスの顔が映った。

「待たせたな」前置きなしで、カルロスは言った。

「着陸地点が決まった。四隻が同じ場所に降りる。順番は〈ナイトクイーン〉、〈タンガロア〉、〈ポセイドン〉、〈ミネルバ〉だ」

「俺たちがしんがりですか」

タロスがにっと笑った。

「いま現在、この近辺にわれわれ以外の宇宙船はいない」カルロスはつづけた。

「地上にも、そういった痕跡はなかった。が、覚えておいてくれ。われわれの獲物を狙っているのは、われわれだけではない。アバドン捕獲を目論《もくろ》んでいる非合法ハンターが相当数、この星にもぐりこもうと機会をうかがっている。そいつらも、われわれの敵だ。出会えば、必ず牙《きば》を剝《む》く。それを忘れるな」

「了解」

ジョウが応えた。表情が硬い。

通信が終わり、あらたなデータが届いた。着陸地点のポジションや、その地点周辺のデータだ。立体地図も含まれている。

四隻の宇宙船が、衛星軌道からの降下行動に入った。

螺旋《らせん》を描きながら、ゆっくりと高度を下げていく。カルロスとノフロロの船は地上離発着可能な船体だが、二百メートル級の中型船なので、大気圏内航行を得意としていない。どちらかといえば、苦手だ。飛行ではなく、滑空という感じになる。

ジョウは三次元レーダーの映像をメインスクリーンに入れた。意に添わぬことがあっても、仕事は仕事である。常に完璧《かんぺき》をめざす。

眼下に大陸が広がった。

着陸地点があるのは、ダモンだ。これは予想どおりである。幻獣の存在を伝えた後に行方不明になった調査隊の足跡を追うのがセオリーだろう。ただし、西海岸ではない。内陸だ。西海岸から千二百キロ弱の位置に湖がある。湖岸線長数千キロに及ぶ巨大な湖だ。その湖畔に小高い台地がある。標高は百十二メートル。その台地のいただきが着陸地点だ。

タロスが〈ミネルバ〉を巧みに操る。大気圏内での速度、安定性は〈ミネルバ〉がいちばんだ。その機動力を利用して、旋回行動をおこなう。観察するのは地上での動きだ。何か異常な物体を発見したら、即座に急降下し、対処する。

幸い、何もなかった。すんなりと高度が下がった。

三千メートルを切った。

二千、千。着陸態勢に入った。すでに台地が目の前にある。低いテーブルマウンテンという雰囲気だ。横に湖が広がっている。あまりに大きいため、海のように見える。

台地の頭頂部は岩肌が剝きだしになっていた。台地の周囲は深い森で囲まれているが、台地だけは植物の姿がほとんどない。それで、ここを着陸地点に選んだのだろう。悪くない判断である。標高も手ごろだ。

〈ナイトクイーン〉が着陸した。垂直型なので、細長い塔のシルエットでまっすぐに降りる。

〈タンガロア〉、〈ポセイドン〉がつづいた。天気はひじょうにいい。快晴である。ルクミンが中天に高い。標準時でいう正午だ。

「なんか、飛んでるわ」

アルフィンが言った。

「鳥だ」映像で正体を確認し、ジョウが言った。

「あるいは鳥に似た何か。生物であることは間違いない」

「あれがアバドンかな?」

リッキーが言った。

「違うな」ジョウはかぶりを振った。

「カルロスたちが、まったく興味を示していない。完全に無視している」

「降りますぜ」

タロスが言った。

「ああ」

ジョウがうなずいた。

広大な台地に、四隻の宇宙船が並んでその身を置いている。壮観といえば、壮観だが、ある意味、異様な光景でもある。

ここで、はじめて、クラッシャーたちは、すべてのメンバーと顔を合わせた。ノフロロのチームと、カルロスのチームだ。当人も含めて、人数はともに六人。何か取り決めでもあるかのような編成である。

最初に、カルロスが自分のチームを紹介した。

学者がひとり。ドクター・ナイル。四十二歳。動物行動学の専門家だ。そして、プロのハンターが三人いる。ボスは女性で、名前をレッド・Tという。赤毛の大女だ。身長がタロスよりも高い。部下はジャンとキュウ。こちらは、ごくふつうの外観で、とくにこれといった特徴がない。小間使いのごとく、レッド・Tの指示をはいはいと聞く忠実な部下だ。そういう人物は、カルロスのもとにもいる。執事のワイスコフ。六十一歳と高齢で、からだも驚くほど小さいが、挙措が意外なほどに軽い。カルロスの命令を受けると、即座に動き、その要望をかなえる。

カルロスのつぎはノフロロのチームの紹介になった。

こちらも、学者をひとり同行させている。プロフェッサー・ボランと名乗る大学教授だ。専攻は環境生態学。年齢は三十八歳と、ドクター・ナイルよりも少し若い。身長もかれより高く、髪もふさふさとしている。プロハンターは、カマタ、ダンプ、シークの三人組だ。ボスはカマタ。全員が連合宇宙軍の元特殊部隊隊員であるという。ダンプは女性だ。しかし、三人とも、マッチョな筋肉質の体格で、見た目はほとんどボディビルダーである。それは、ダンプも変わらない。髪を短く刈っているため、そう告げられない限り、女性と思うことはない。そういう意味ではレッド・Tと少し似ている。

そして、秘書だ。ノフロロは執事ではなく、女秘書を連れてきた。名前は、ハンナ。彼女はレッド・Tやダンプと異なり、まさしく女性らしい女性である。ブロンドのふわりとカールした髪。紅《くれない》の唇。長いまつげ。ブルーの瞳。細くくびれた腰。白い肌。全身からこれでもかというように女の色香《いろか》を四方八方に振りまいている。ハンナがミス・ギャラクシーにでていなかったのは、銀河の七不思議だ。が、その理由はすぐにわかった。ミス・ギャラクシーの参加資格は二十二歳までである。ハンナは二十八歳。規定から外れている。

ふたつのハンティングチームが、クラッシャーたちの前に、ずらりと並んだ。

ふたつのチームは、チームごとにウェアを統一している。どこにいても、すぐに見分けがつくようにという配慮をしたのだろう。迷彩色を基調にしたスペースジャケットだ。カルロスのチームは森の緑を主体にしたデザインで、ノフロロのチームは大地の黄土色を主体にしたカラーリングを採っている。ノフロロチームのほうは、いまこの時点ですでに姿を見失いやすくなっている。

「時計を合わせてあるか？」

カルロスがクラッシャーに訊いた。

「データに合わせて、調整した」ジョウが答えた。

「そちらの指示どおり、二十四時間制でセットしてある。いまは十三時〇九分だ」

「問題ないな」カルロスは小さくうなずいた。

「ここの一時間は、標準時間の八十七パーセントだ。一時間の過ぎるのが感覚的に速い。しくじると、すぐに日が暮れる。日没後はハンティングをしない。それがルールだ。遵《じゅん》守《しゅ》してほしい」

「ルール？」

「そういうふうに、カルロスとわたしで決めたということだ」

ノフロロが補足した。

出発の準備がはじまった。

カーゴエリアのハッチがひらき、そこから地上装甲車がしゃりしゃりとでてきた。四隻の宇宙船すべてが、チーム専用の地上装甲車を搭載《とうさい》している。ジョウのガレオン、ダーナのダフネ、カルロスのヤヌス、ノフロロのエスバット。例によって、ヤヌスとエスバットは同型車である。独立懸架《けんか》された八輪のタイヤで走行する。合金でコーティングされたノンパンクタイヤだ。塗色は自分たちのスペースジャケットのカラーとコーディネイトされている。

「なんか、隠している裏があるな」

地上装甲車を見たタロスが、小声でつぶやいた。

それはクラッシャー全員が感じていることだった。

3

ガレオンで台地の斜面を下った。

ガレオンは車体長六・一メートル、全幅二・九八メートルの地上装甲車である。キャタピラ駆動だが、最高速度は不整地でも時速百五十キロ以上、整地だと二百数十キロに達する。武装も、レーザー砲や電磁砲、ミサイルランチャーなど、豊富に装備している。ただし、正規の状態では二名しか乗車できない。そこで、ジョウは〈ファイター1〉と〈ファイター2〉での移動をカルロスに提案した。〈ミネルバ〉が搭載している二機の戦闘機だ。しかし、それは即座に却下された。

ハンティングでの移動は地上だけに限定する。護衛も、それに従うべし。

それが回答だった。

やむなく、ジョウはガレオンの車内を改造した。ガレオンの貨物室に急いで予備シートを据《す》えつけた。予備といっても、シートの質、機能は純正のものとなんら変わりがない。そのシートにアルフィンとリッキーをすわらせた。操縦はタロス。ジョウは車長席に着く。ドンゴは〈ミネルバ〉に残した。

二輛の地上装甲車が左右に並んで、急峻《きゅうしゅん》な斜面を時速七十キロで下っていく。この時速は、標準時間に対する速度だ。わずかに先行するのが、カルロスの乗るヤヌスである。巨大な地上装甲車だ。車体長は十メートルに近く、容積はガレオンの三倍に及ぶ。自慢のノンパンクタイヤの直径は一・八メートル。その中に六人の人間が乗り組み、二週間ぶんの野営機材を積んでいる。二輛の周囲にダーナのダフネとノフロロのエスバットの姿はない。かれらとは、台地の上で別れた。ふたつの狩猟チームは、べつべつにハンティングをおこなう。共同作戦は採らない。これも意外なことであった。そして、このハンティングの意味がほの見えた瞬間でもあった。

ガレオンに通信が入った。

「きょうは、このまま森の中に進む」スクリーンに映ったカルロスが言った。

「おおまかなコースと周囲のデータをそちらに送る」

「ちょっと気に入らないいな」

ジョウが言った。

「気に入らない？」カルロスの表情がかすかにこわばった。

「何がだ」

「情報が小だしにされることだ」ジョウは言を継いだ。

「俺たちは全力であんたを護衛する。それが仕事だ。が、そのためには、あんたの行動について、より多くの情報を事前に持っていたい。小だしにされていたら、いざというとき、対処の幅が狭くなる。あらゆる道から最善の一筋を選ぶのが、困難になる」

「そういうことか」カルロスは唇をななめに歪《ゆが》めた。

「そいつは困ったな」

「困る？」

「こっちも手探りでやっているんだ」カルロスは葉巻を口にくわえた。

「必然的に、情報は断片的にしか得られない」

火を点《つ》け、煙をゆっくりと吐いた。

「そもそも、どうして台地でメンバーを紹介したときに、綿密な打ち合わせをしなかったんですかい？」やや遠慮がちに、タロスが訊いた。

「そうしていれば、もう少し手間を減らせたと思うんですが」

「できない」カルロスは短く答え、かぶりを振った。

「それをやったら、ノフロロにこちらの手の内をさらすことになる。それは、できない」

「賭《か》けているからですね？」

タロスが問いを重ねた。鋭いまなざしでスクリーンの中のカルロスを見る。

「そうだ」意外にあっさりと、カルロスは認めた。

「先にアバドンを捕えたほうが勝ちだ。負けた者は、勝った者に百億クレジットを支払う。そういう約束になっている」

「ひゃ、百億クレジット！」

リッキーの丸い目がさらに丸くなった。二本の前歯が、ぽかんとあいた口から大きく飛びだしている。

「それでルールとかなんとか言っていたのね」

アルフィンがため息をつきながら、言った。

「しかし、この賭けもハンティングも、おまえたちとは、なんら関係がない」カルロスは一口吸った葉巻を処理ポットに投げ入れた。

「仕事は、一般的な護衛とまったく同じだ。わしらはわしらのチームとして、勝手に動き、勝手にアバドンを探す。おまえたちは、そうしているわしらを追い、わしの身を護る。それ以上のことをする必要は皆無だ」

「理にはかなっている」

タロスが肩をすくめた。

「とにかく、データを送る」カルロスは言葉をつづけた。「気に入らないかもしれないが、こちらとしては、これが精いっぱいだ。ノフロロと決めたルールとの兼合《かねあ》いがある。それを理解したうえで、対処してほしい」

データがきた。すぐにリッキーとアルフィンが処理をおこなった。

「アバドンの写真？」

アルフィンの手が止まった。送られてきたデータの中に、予想していなかったものがあった。

「なんだと？」

ジョウがうしろを振り返った。

「アバドンの映像があるわ」アルフィンが言った。

「未確認生物じゃなかったの？」

「未確認生物だ」カルロスが言った。この反応を予測していた。

「詳細は、ほとんど何もわかっていない。だが、ワームウッドを発見したとき、うちのロボット探査機が正体不明の生物と遭遇、その姿を記録して、映像データを母船に送信した」

「ロボット探査機はどうなった?」

　ジョウが訊いた。

「送信直後に破壊された」カルロスは軽く肩をそびやかした。

「会社は、数百機に及ぶロボット探査機をワームウッドに打ちこんだ。そのうち、再回収できたのは、わずかに三十七機だ。いままで、数多くの惑星を発見し、そのすべての惑星にロボット探査機を打ちこんできたが、これほど回収率が低かったのは、はじめてだ。惑星環境がほとんど完璧に地球型という素性のいい星だったが、有人の調査隊を、すぐに送りこむことができなかった。しかし、銀河連合は何もためらわなかった。連合宇宙軍の艦隊が同行するのだ。何が起きても対応できると、自信過剰になっていたのだろう」

「その結果が、あの惨劇だったということか」

　タロスがつぶやいた。

「映像をメインスクリーンに入れるわ」

　アルフィンが言った。

　スクリーンの色が変わった。鮮やかな緑色が大きく広がった。

　緑の色彩の中央やや左手に。

　輪郭《りんかく》のぶれた、白い影がある。

生物の頭部だった。前肢から肩先あたりまでが映っている。かなりの高速で移動していいるらしく、ピントが合っていない。像が全体的に流れている。

「おもしろい野郎だ」

タロスがスクリーンを一瞥《いちべつ》し、ぼそりと言った。ガレオンの操縦を担当しているタロスは、よそ見ができない。台地の斜面がそろそろ終わり、丈《たけ》高い草の草原地帯に入りはじめている。

「恐竜に似ているって言ってたけど、そうは見えないなあ」

リッキーが言った。

「白いのは体毛みたいね」

アルフィンが首をわずかに傾けた。

「はっきりしないな。手ぶれがひどすぎる。それよりも」ジョウが言った。スクリーンを指差した。

「あの尖《とが》っているのはなんだ？」

示したのは生物の頭頂部だった。そこに、何かが生えている。それも一本や二本ではない。五本以上映っている。

「角だ」通信スクリーンのカルロスが言った。

「画像解析で、あれが何かは判明している。八十九パーセントの確率で、角だと結論されている」

「一、二、三……」リッキーがかぞえた。

「七本だ。頭に七本の角がある」

「目はどうなの？」アルフィンが訊いた。

「目も、なんだかたくさんあるように見えるわ。それとも、あれは模様？」

「微妙なところだ」カルロスが答えた。

「それは解析担当者の間でも、意見が分かれた。額と鼻梁《びりょう》部のあたりにある一組は、間違いなく眼球だ。これは意見が合致している。しかし、その上、額の中心にあるひとつ、さらに、その上、頭頂部へと向かって並ぶ二組の丸い影は模様なのか眼球なのかがはっきりしていない」

「目玉だったら、七つ目ってことだぜ」リッキーが言った。

「そんな生き物、俺《おい》ら、一度も見たことないよ」

「七つの角に、七つの目か……」低い声でタロスが言った。

「気になる数字だな」

「大きさはどうなんだい？」今度は、リッキーがカルロスに訊いた。

「すごくでかいとか、そういう報告はないのかなあ」

「調査隊の報告書を読んでくれ」カルロスはあごをしゃくった。

「さっきのデータに入っている。姿を完全に目撃した者はひとりもいない。この映像には比較するものがないので、類推は不可能だ」

「つまり、サイズは不明ってことだな」

ジョウが言った。

「体高二十メートル以下であることを祈っているよ」

カルロスは薄く笑った。

「どうしてだ？」

タロスが訊いた。

「それよりでかいと、運べないのさ」

そして、通信が切れた。

4

前方に、森が見えてきた。

巨大な森である。行手の視界すべてが、濃緑色で覆いつくされている。

二輛の地上装甲車は速度を落とした。時速二十キロを切る。マラソンランナーよりも遅い。

　また、通信機の呼びだし音が鳴った。通信スクリーンにカルロスの顔が映った。

「森に入る」カルロスが言った。

「途中でいきなり停止したり、ハンターが外にでて散開したり、こっちは勝手に動く。そっちは、わしの位置をポイントし、独自に護衛を続行してくれ」

「衛星の微調整は完了しています」アルフィンが言った。

「電波をキャッチしていて、ヤヌスをポイントしています。問題ありません」

「映像をメインにだしてくれ」

　ジョウが言った。

「地図に重ねてみるわ」

　アルフィンがキーを叩いた。メインスクリーンの一部に矩形《くけい》の窓がひらき、そこに森周辺の地図映像が浮かんだ。映像の中心、やや右寄りの場所に小さく光る光点がある。ヤヌスだ。いまは、その内部《なか》にカルロスがいる。

　着陸前、ワームウッドの静止衛星軌道にジョウは一基の人工衛星を置いた。この衛星がカルロスの持つ発信機の電波を受け、その位置をジョウのもとに送ってくる。

「何か、質問があるか？」

　カルロスが訊いた。

「この森の木、ちょっとへんなんだけど」リッキーが言った。

「なんなんだい？」

リッキーは、拡大された森の映像を見ている。そこに映っているのは、草とも木ともつかぬ、奇妙な植物だ。濃い緑色の幹が高さ二十メートルほどまっすぐ伸び、先端が四、五本の枝に分かれている。木というよりも、桁違《けたちが》いに育ってしまった草という感じだ。分かれた枝には、大きな葉がいくつも繁っている。

「これは、苦よもぎ《ワームウッド》だ」カルロスが答えた。

「実際は異なる種の植物だとは思うが、見た目はテラ原産の苦よもぎにそっくりだ。サイズを除けば、外観に違いはほとんどない。だから、われわれは苦よもぎと呼んでいる。惑星の名も、この苦よもぎの森にちなんだ。森は、この惑星の大陸の六十パーセント近くを覆っている」

「つまり、この惑星は異様にでかい苦よもぎの森で、大陸の多くが埋めつくされているってことですな」

タロスが言った。

「学者どもは不思議がっている」カルロスがつづけた。

「植生はたしかに大陸ごとに違う。しかし、森は、すべて同じだ。緯度が違うので多少の個体差は見られるが、基本的には、どの森も苦よもぎの森になっている。例外はほとんどない」

「苦よもぎの森にひそむ謎の生物か」腕を組み、ジョウが言った。「たしかに、そそられるものがあるな。最初の捕獲者になりたいという気持ちは理解できる」

「ノフロロは仕事のパートナーだが、それ以外のことでは、完全にわしのライバルだ」

カルロスは言った。

「あらゆるものを賭けの対象にして、わしらはずうっと張り合ってきた。ワームウッドのアバドンは、その集大成になる可能性が高い。かかっている金額も莫大だが、それはそれとして、わしはこのハンティングに自分の矜持《きょうじ》を賭けている。勝つためには、むちゃもやる。強引な手も打つ。だからこそ、おまえたちを雇った。わしらに自分の身を守っている余裕はないのだ」

「…………」

先行するヤヌスが、苦よもぎの森に入った。ガレオンが、それにつづいた。前方視界スクリーンの画面が、緑色に染まった。もちろん、道はない。だが、木々の間は十分に離れている。地上装甲車が二輛併走《へいそう》しても車体側面を苦よもぎの幹にこすることはまずないだろう。エンジンの音、キャタピラの音が、森の静寂《しじま》をけたたましく破った。

「おーねえちゃん」ベスが声をかけた。

「外部マイクが、なんか啼《な》き声みたいなものを拾っているよ」

「聞き流して」強い口調で、ダーナが言った。

「ハンティングには介入しない。ノフロロの乗るエスバットの安全確保に全力を傾ける。ベスが聴かなきゃならない音は、人工音よ。それだけをひとつ残らず捉えるの。他の音に気を奪われちゃだめ」

ダフネの車内は、緊張感に満ちていた。台地を出発してから、そろそろ三時間になる。やはり、一時間がひどく短い。

ダフネを操縦しているのはルーだった。ルーの背後のシートでは、ベスがレーダーと全視界スクリーンを交互に睨《にら》み、索敵をおこなっている。聴音も、その作業のひとつだ。ルーの右横、車長席にはダーナが着く。ダーナのうしろにはトトがいて、データ解析に余念がない。衛星経由で送られてくるデータ、ノフロロの乗るエスバットから届くデータ、ダフネが独自に集めたデータ、それらをひとつにまとめ、瞬時に分析し、スクリーンに表示する。ダーナはそれを見、ベスの報告を聞き、つぎに何をするのかの判断を即時に下す。油断は一瞬たりとも許されない。何かが起きるのは、常に一瞬のことだから。

エスバットは苦よもぎの森の中を、北に向かって走っていた。時速は二十キロ弱。ひじょうに遅い。獲物を探すため、ぎりぎりまで速度を落として、四方をうかがっている。

森に入る手前で、ダーナたちはふたりの大富豪による賭けハンティングと、この惑星の話をノフロロから聞いた。アバドンと呼ばれる謎の生物の映像も見せられた。テラの苦よもぎに形状が似た巨大植物の生い茂る森。その森のどこかに、幻の獣がひそんでいる。

「まずは、森の中心部に進む」通信スクリーンに映ったノフロロが低い声で言った。「着いたら、そこにキャンプを張り、いくつかのチームに分かれて放射状にアバドンの捜索を開始する。以前、説明したとおり、きみたちがハンティングに参加する必要はない。ある程度の距離を置き、狩りの邪魔をしないようにしてわたしの護衛をつとめてもらいたい。むずかしい注文だが、きみたちなら、きっとやってくれると信じている」

なかなか、うまい言いまわしだった。人を動かすのに慣れた者の弁舌だ。ノフロロの言葉を聞き、ダーナは、そう思った。おそらくジョウのチームも、カルロスから同じようなことを言われているのだろう。

二輛の地上装甲車は、森の中を淡々と進んだ。ダフネはクラッシャーが使用する標準タイプの地上装甲車だ。外観はガレオンとさほど差がない。武装もほぼ同じだ。色だけが鮮やかなグリーンに塗られている。その色が偶然、この森の中では絶好の迷彩色となっている。

とくにこれといった動きがないまま、時間だけがじりじりと過ぎていく。

「この賭けなんだけど」ふっとルーが口をひらいた。

「あたし、ノフロロに勝たせたい」

「そうね」

意外にも、ダーナが応じた。うなずき、視線をちらりと操縦席に向けた。どうやら、車内の空気を読んだらしい。この護衛は長丁場になる。過度の緊張は、かえってよくない。集中力を逆にそいでしまう。少し軽口を叩きながら、仕事に専念させる。そういう配慮がいまは要《い》る。

「どんなことでも、ジョウのチームには負けたくないわね」ダーナは言を継いだ。「おとうさまは、ダンに譲りすぎた。ダンは、たしかに偉大なクラッシャーだったわ。でも、おとうさまより、能力的にすぐれていたとは思わない。むしろ、総合的なレベルはおとうさまのほうがずうっと上だった」

「パフォーマンスがうまかったのよ」ベスが言った。

「派手な仕事を派手にやれば、注目を集めることができる。でも、そんなのは職人の仕事じゃない。息子のジョウもそう。いろんな噂《うわさ》やニュースを耳にするけれど、どれも、ただ大きな事件がからんでいたから大々的に報道されただけ。あのチームの腕がすぐれているということで話題になったわけじゃないわ」

「とにかく、今回の仕事はいい機会よ」ルーが言った。

「競うことで、力の差がよりはっきりとわかる。正面切って張り合えば、絶対にあたしたちが勝つ。あのチームの実力が、白日のもとにさらされる。あたしたちの血の絆《きずな》と、クラッシャーエギルから受け継いだ技が、寄せ集めチームのあいつらに劣るはずがない」

「本当にいいチャンスをもらったわね」ダーナは薄く微笑んだ。

「こんな日がくるとは、思っていなかった」

ダーナが指先をコンソールに伸ばした。映像をいくつか切り換えようとした。

そのときだった。

警報が鳴った。

けたたましい警報だった。電子音が耳をつんざき、赤い光が激しく明滅をはじめた。

「熱源捕捉！」ベスが叫んだ。

「急速接近中。距離約三千メートル」

「速い！」

ダーナの表情がこわばった。熱源レーダーの映像がスクリーンに入った。進路の右手、東南の方角だ。光点がすさまじい勢いで移動している。人工の推進装置を有した何かである。時速は百二十キロ前後。エアカーには劣るが、一般的な地上装甲車よりも相当に速い。

「ヤヌスじゃないわ」

ベスが言った。

「ガレオンとも違う」

ルーがダーナを見た。近づいてくる何かは、個体認識用の電波を発していない。

「加速して！」ダーナが鋭く言った。

「右側にまわりこみ、エスバットに並ぶ」

「あっ」ベスが甲高い声をあげた。

「新しい熱源！」

「ちっ」

舌打ちし、ダーナは視線を熱源レーダーに戻した。

「！」

背すじがざわついた。

画面を一瞥《いちべつ》して、あらたな熱源がなんであるのかをダーナは悟った。

無線誘導ミサイルだ。

5

ふたりの男が、時速百二十キロで走る高速バギーに乗っていた。

名をニコラとイゴールという。どちらも二十代後半という年齢だ。ニコラのほうが長身で体格がいい。口ひげとあごひげをはやしている。イゴールは背が低く、からだも細い。ともに、軍用タイプのスペースジャケットを身につけ、バイザー付きのヘルメットをかぶっている。

ふたりは、外洋貨物宇宙船でワームウッドまでやってきた。その宇宙船はいま、ルクミンの星域内をひっそりと漂っている。小型のシャトルでふたりは貨物宇宙船から離れ、ワームウッドをめざした。

別働隊として温存された切札。

それが、かれらの立場だった。ミス・ギャラクシーコンテスト襲撃計画は、生命を賭《と》したアピールの場として立案された。カルロスとノフロロの非道を全銀河系に訴える。それが最大の目的だった。しかし、その機会はクラッシャーによって完全につぶされた。声明を発表する機会もなく、同志たちは根こそぎ排除された。

直後。

計画は第二フェーズへと進んだ。

別働隊が行動を開始する。今度はアピールなどしない。やることは、ただひとつ。復讐だ。少数の暗殺部隊により、カルロスとノフロロを殺す。そして、生還することができたら、そこでふたりの富豪がかれらとかれらの家族に対して何をしたのかを世界に向けて公表する。

ワームウッドに近づいたところで、ニコラとイゴールは情報を受け取った。

〈タンガロア〉と〈ポセイドン〉はダモン大陸に降りる。

ワームウッドの衛星軌道周辺には、侵入者を監視するための衛星システムが配されていた。このシステムは誤作動を防ぐため、〈タンガロア〉と〈ポセイドン〉が衛星軌道に乗り、地上に降下するまで一時的に遮断される。その間なら、カルロスやノフロロに気づかれることなく、他の宇宙船もワームウッドに着陸することが可能になる。

チャンスは一瞬だ。先行する四隻の宇宙船が大気圏内に突入するのと同時にワームウッドの衛星軌道へともぐりこみ、そのあとを追う。間隙《かんげき》を衝《つ》き、一気に高度を下げる。高度五百メートル以下にまで急降下する。そして地表すれすれの水平飛行に入る。とんでもない離れ技だ。だが、このシャトル一機ならばできる。航空機と同レベルの機動性を持つ、この機体なら不可能ではない。

ニコラとイゴールは、やりとげた。〈タンガロア〉と〈ポセイドン〉の着陸地点はダモンの西海岸から千キロ以上奥地の、湖に近い台地の上だった。かれらは、その台地から二百キロほど離れた草原地帯の真ん中に小型宇宙船を降ろした。情報がつぎつぎと届く。カルロスとノフロロはこれから二手に分かれ、苫よもぎの森に入るという。そのまま、幻獣ハンティングの開始だ。

宇宙船から高速バギーを降ろした。ふたり乗りの小型車だが、無線誘導ミサイルランチャーを搭載した軍用車輛である。不整地であっても時速百キロ以上で走行することができる。車体の安定性もひじょうに高い。

ニコラが操縦席に着き、イゴールが助手席に腰を置いた。

コンソールパネルにはめこまれたスクリーンに、ダモンの地形図と小さな光点が映しだされている。ノフロロのエスバットだ。発信しているビーコンをキャッチし、ポイントした。エスバットはすでに台地を下り、森の端へと進みつつあるところだ。

まずは、これを標的とする。

ニコラは高速バギーを走らせた。時速百二十キロで、北西へと進路をとった。

苦よもぎの森は、予想以上に走りやすかった。外から見ると密集しているかのように思える苦よもぎの木々だが、樹間は相当に広い。障害物の自動回避装置もあって、高速度を十分に維持することができる。

追いつくのに二時間半ほどかかった。エスバットの移動速度は時速二十キロ以下だ。速度差からいえば、停止しているにも等しい。

「不意打ちを仕掛ける」操縦レバーを握り、ニコラが言った。

「一撃必殺だ」

「まかせとけ」イゴールはうなずいた。

「誘導システムが完璧に作動している。これで外れたら、もう何も命中しない」

彼我《ひが》の距離が急速に縮まった。二キロを切った。そろそろ危険範囲だ。いかに森の中であっても、相手の熱源レーダーに存在を察知される。だが、必中を期すには、あと一息の詰めが要る。

ニコラは、バギーをさらに加速させた。

距離一キロ。

イゴールが動いた。照準は完全にロックされている。トリガーレバーを握った。ボタンを押した。

白煙がバギーを包んだ。

ミサイルが宙に躍る。

二基のミサイルだ。瞬時、上空に舞いあがってから、すぐに高度を下げた。地上すれすれに位置を変えた。高度は二メートルだ。その高さで水平飛行し、エスバットをめざす。

「行けっ!」

イゴールが叫んだ。射ちだしてしまえば、もう何もできない。エスバットが発信している電波を頼りに、自動的に苦よもぎを避け、ミサイルは突き進む。

イゴールは、あらたなミサイルをランチャーにセットした。エスバットにはクラッシャーの地上装甲車が張りついている。その反撃を予想しての処置だ。

ミサイルが大気を切り裂き、一キロの距離をあっという間に駆けぬけた。

エスバットはいっさい反応しない。進路も変えず、速度をあげることもない。

命中する！

イゴールは確信した。百パーセント、ノフロロを仕留めた。そう思った。

「なに？」

ニコラが声をあげた。丸く目を剝き、頰をひきつらせた。

ミサイルの一基に、テレビカメラが仕込んである。その映像が、バギーに向かって送られてくる。

映像の中で、何かが動いた。

ダフネだ。

クラッシャーの地上装甲車。

かれらがミサイルを発見し、その動きに反応した。強引に加速し、エスバットとミサイルとの間に割りこもうとしている。

楯となる気だ。ボディガードのセオリーそのままである。攻撃があった場合、ボディガードは襲撃者を倒そうとはしない。まず自分が護衛対象者の身代わりになる。襲撃者への対応はそのあとだ。

ミサイルのコースを、ダフネが完全にさえぎった。

砲塔が回転する。熱線砲の砲塔だ。砲口がミサイルを狙う。

命中するコンマ数秒前。

ダフネの熱線砲が炸裂《さくれつ》した。オレンジ色のビームがまっすぐにほとばしった。その行手には二基のミサイルがある。

爆発した。

一基のミサイルが爆発し、つぎにもう一基がその衝撃波で誘爆した。

距離三十メートルでの爆発だ。

ダフネが火球と爆風に包まれた。熱線砲の砲塔が変形する。砲身の台座が熔《と》け、崩れ落ちる。

すかさずレーザー砲の砲塔が回転した。探している。イゴールとニコラの乗る高速バギーを。

イゴールは、スクリーンの光点を見つめていた。変化はない。エスバットは、依然として前進をつづけている。奇襲は失敗した。クラッシャーの捨て身技で、ミサイルを撃墜された。

反撃がくる。

「離脱！」

イゴールはニコラを見た。

ニコラの腕が動いた。操縦レバーを急ぎ、倒した。この状況で二撃目を射つことはできない。生き延びてつぎの機会を求めるのなら、いまはもうただ逃げるだけだ。

ビームが疾《はし》った。

木の幹を擦過し、バギーの脇をかすめていく。レーザー砲のビームだ。眼前で炎があがる。

バギーが蛇行《だこう》した。苦よもぎを楯にする。レーザー砲の照準は予想以上に正確だ。直進していたら、間違いなく撃ちぬかれる。

「ミサイルだ」

イゴールが言った。スクリーンに光点が増えた。熱源レーダーの映像である。四基の光点が、バギーめざして近づいてくる。

逃げた。

ひたすら逃げた。迎撃はできない。

初弾が爆発した。苦よもぎに当たり、火球になった。爆風がくる。しかし、距離があるのでダメージはない。

二弾、三弾が爆発した。次第にバギーへと近づいてくる。三弾は十メートルほど後方で爆発した。

「くっ」

唇を噛み、ニコラは一気にレバーをひねった。

バギーがUターンする。大きく弧《こ》を描き、ミサイル攻撃から逃れようとする。

四弾がきた。

バギーの真横に落ちた。右側、数メートルの場所だ。

飛来コースを睨んでのUターンが裏目にでた。この一弾だけが、なぜか大きくそれた。

ふわりと車体が浮いた。土と小石のシャワーがバギーに降りかかる。

ニコラは必死でバギーを操った。ひっくり返る寸前のところで、安定を保とうとする。

全身が熱い。髪が焦《こ》げ、目がくらむ。

それでも、ニコラはアクセルをゆるめなかった。ひるんで射程範囲内に留まったら、必ずやられる。敵はクラッシャーだ。半端なことはしない。追撃がないとしても、それなりの距離を得る必要がある。

全速力で二十分近く走った。

森が途切れた。いきなり視界がひろがった。下生えだけの広場のようなところにでた。

そこに至って、はじめてニコラは制動をかけた。

バギーが停まった。

ふうと息を吐き、ニコラはコンソールに突っ伏した。呼吸が荒い。毛穴という毛穴から汗が吹きだす。

ややあって。

右手に首をめぐらした。助手席を見た。

イゴールのうつろな瞳が、ニコラを凝視していた。バックレストに上体をもたせかけ、イゴールはぴくりとも動かない。

首に、何かが突き刺さっていた。金属の破片だ。爆風にあおられ、車体の一部が破損した。その金属片が、不幸にもイゴールの頸部《けいぶ》を刺し貫いた。

即死である。

たしかめるまでもなく、それは明らかだった。

6

異なる意識の存在を、かれは感じた。

この森に、本来いるはずのない生物の意識だ。

その生物は、前にもここにきた。むろん、同じ個体ではない。前にきた生物は、この地に殪《たお》れ、その肉体は土に還《かえ》った。

意識の数をかれはかぞえた。十種類の意識が、かれのもとに届いている。

かれの名はアバドン。

もちろん、かれ自身がおのれをその名で認識しているわけではない。アバドンは、ここにきた人間が勝手につけた名称である。かれは、自分がとつぜんあらわれた生物たちに〝アバドン〟と呼ばれていることをまったく知らない。ただ、そう呼ぶ声を耳にしたことはある。生物は意識下にかれの姿をイメージし、大声で叫んだ。

「アバドン！」

と。

アバドンは言葉を持たない。意識は鮮明なイメージとなって、かれの脳髄に到達する。眼前にある景色を見るように、かれは他の生物の意識を見る。

混在する複数の意識の中に、いくつか強いイメージがあった。

殺戮《さつりく》のイメージだ。

あらゆる生物を殺しまくる映像がアバドンの意識に陸続《りくぞく》と流れこんでくる。不思議な殺し方だ。炎が飛ぶ。光が疾《はし》る。意識の主と同種の生物を殺す。まったく違う種族の生物を殺す。ただひたすら殺す。ときには、殺して、その皮を剝ぐ。肉を食う。棲家を焼き払う。

意識の多くは、一体の生物のものだった。アバドンは、その意識の主を見分けることができる。だが、すべてをイメージとして捉《とら》えているため、言葉や記号で、その生物を特定することはできない。仮に言葉があれば、おそらく名前でかれを識別していたはずだ。かれの名は、カルロスである。

アバドンは、べつの意識に関心を移した。

それもまた、ひじょうに強い意識だった。

不思議な感覚である。このようなイメージを目にしたことは、ほとんどない。森にはたくさんの生物が棲《す》む。アバドンは、それらの生物の意識をほぼ完全に熟知している。

森の外からやってきたこの生物は、森の生物とはまったく違うイメージを有している。そもそもイメージの量が桁外《けたはず》れに大きい。

知能が高い。

人間ならば、そのことをそう表現する。だが、アバドンにその概念はない。

いまひとつの意識は、何かに集中していた。

ジョウの意識である。顔が浮かぶ。カルロスの顔だ。それから、起こりうるであろうさまざまな状況が、模式図のような形で浮かびあがってくる。当然、アバドンにその意味は理解できない。だが、ジョウの関心が一点に凝集されていることはわかった。

興味深い集団だ。

どうすべきか？

アバドンは考えた。

アバドンは森の王だ。ひとつの森に一体のアバドン。それが原則だ。繁殖シーズンのときだけ、動きがある。雌雄が森と森を行き来し、伴侶《はんりょ》を得る。あるいは伴侶を得るために戦う。森は規模の大きいもので、数平方キロ。この森は中でも広く、一般的な森の数倍の広さがある。その森の王として、このアバドンは君臨している。

遊んでみよう。

アバドンは、そう思った。遊ぶという概念も、アバドンにはない。しかし、いまのかれの思考を言葉にすると、そういう意味になる。

草地に寝そべっていたアバドンは、ゆっくりと身を起こした。体高が二メートルを超える。体長は長い尾を含めると、六メートル近くに及ぶ。基本的に四足歩行だが、いざというときは二本脚での移動もできる。

立ちあがったアバドンの体色が、見る間に変化した。草地と同じ淡い緑色だった皮膚が、くすんだ灰色になった。アバドンの体色は環境によって自在に変わる。

体色が落ち着くのを待ち、しばらくしてから、アバドンは歩きはじめた。大きな頭部をゆっくりと正面に突きだす。丸く飛びだした眼球が異常に大きい。長い手足をなめらかに動かす。背中にはひれ状の突起が尾の先まで並び、見た目はたしかに恐竜にかなり近い。それでいて、長い四肢が、猫科の猛獣のしなやかさと敏捷性《びんしょうせい》をもたらしている。

事実、アバドンの動作は速い。地上を飛ぶように進む。外観からは予想もつかぬ身軽さだ。

アバドンの足の運びが、速くなった。速歩から駆け足になり、やがてそれは全力疾走となった。

直線で、二キロほど走った。一陣の風のごとく、アバドンは森の中を駆けぬける。と。

足が止まった。

ここまでだ。これ以上は接近できない。

二輛の地上装甲車が、アバドンから一キロほどの位置を時速十八キロで走行している。


「ここにキャンプを置く」

カルロスが言った。

通信が入り、スクリーンにカルロスの顔が映るのと同時だった。

先行するヤヌスが停止した。ガレオンもその真うしろで停まった。

「とりあえず、ここを第一キャンプと呼ぼう」カルロスはつづけた。

「まずはここに二十四時間滞在し、アバドンを探す」

ヤヌスがキャンプの設営作業を開始した。車体下部から丸鋸《まるのこ》のついたアームが伸び、それが苦よもぎの木《き》を伐り倒す。ガレオンは何もしない。じっと、そのさまを見守る。

「熱源レーダーに反応なし」アルフィンが言った。

「でも、小動物とおぼしき動きがいくつかあって、少しアラートがでているわ。しばらくは視認して判断しないと、精度がでないみたい」

「森の中じゃ、しょうがないね」

リッキーが小さく肩をすくめた。

ジョウが、メインスクリーンの映像を切り換えた。伐採を終えたヤヌスが、できあがった直径三十メートルほどの空地の中心に移動しようとしている。小型の浮遊ロボットも射出された。これらのロボットは周囲の苔よもぎの幹や枝に取りつき、そのまま警報装置となる。

ヤヌスのハッチがひらいた。誰かが車外にでるらしい。

最初に顔をだしたのは、レッド・Tだった。赤毛をヘルメットで覆い、豊かな胸を上下に揺らしながら、狭いハッチから這いだしてくる。

レッド・Tにつづいて、彼女の部下ふたりが姿を見せた。三人は、地上に降りると、すぐにヤヌスの車体後部へとまわった。カーゴルームをあけ、そこから狩猟用の機材を引きずりだす。

最後に、カルロスがでてきた。かれも一応ヘルメットのような帽子をかぶっている。

「どうします？」

タロスが訊いた。ジョウたちの仕事は、カルロスの護衛だ。地上装甲車の外に対象者がでてしまったら、また、べつの対処が必要になる。

「俺がでる」ジョウは即座に答えた。

「アルフィン、一緒にきてくれ」

「オッケイ」

アルフィンはうなずき、シートベルトを外した。表情が明るくなる。どんなことであれ、ジョウとふたりで行動できるのは、彼女にとって至福のひとときだ。知らず、微笑みがこぼれる。

ハッチをひらき、ジョウとアルフィンはクラッシュパックを背負ってガレオンの外にでた。

〈ミネルバ〉の船内でガレオンに乗り、そのまま出発したため、自身の足で直接ワームウッドの地表に立つのは、これがはじめてである。腰のホルスターからいつでもレイガンを抜けるようにして、ジョウはゆっくりと前に進んだ。

静かな森だ。

それが苦よもぎの森に対する、ジョウの第一印象だった。陽射《ひざ》しは思ったよりもやわらかい。気温は二十二、三度といったところか。弱い風が吹いている。匂いは、ごくありふれた森のそれだ。異臭は感じられない。頭上に、青色巨星のルクミンが白く輝いている。

アルフィンが、カルロスの横に張りついた。ミス・ギャラクシーの一件以来、カルロスはアルフィンを気に入っている。お姫さまという立場に、なんらかの憧憬《しょうけい》があるのだろう。おかげで、ジョウは比較的自由に動きまわることができる。これは護衛活動としても、かなり都合がいい。

ハンターたちが、機材をすべてヤヌスから降ろした。驚いたことに、小型のイオノクラフトまで用意している。騒音がほとんどなく、機動性の高いイオノクラフトは、たしかにハンティング向きの乗物だ。しかし、ここまで大がかりなものになるとは、ジョウは思っていなかった。

少し森の奥を探ってみるか？

ジョウは思考をめぐらせた。イオノクラフトは全部で四機ある。三人のハンターとカルロスの機体だ。護衛をするとなると、ジョウかアルフィンは常にカルロスのあとを追わなくてはならない。だが、どうやって？

ハンドジェットならば、ある。となると、ジョウは地上を行き、ときおりハンドジェットで飛ぶ。手はそれしかない。そのためには、事前に森の様子を見ておく必要がある。

ジョウは、カルロスをアルフィンにまかせたまま、森に入ろうとした。

そのときだった。

警報が鳴り響いた。

苦よもぎの幹に取りついた浮遊ロボットが放つ、けたたましい警報だった。

ジョウはきびすを返した。ホルスターからレイガンを抜いた。

その足もとで。

地面が割れた。ひびが走り、一部が大きく盛りあがった。

7

「熱源レーダーに反応がない!」通信機から、リッキーの声が流れた。

「でも、下から強い振動がくる」

「地下を探れ!」ジョウが応えた。

「地割れができている」

ジョウは低く身構えていた。足もとがうねっている。かすかな地鳴りも聞こえる。

穴があいた。陥没するように、直径数十センチの穴が地表のそこかしこにあらわれ、口をひらいた。

穴から、小さな黒い影が飛びだしてくる。影はひとつやふたつではない。陸続とあらわれる。穴の数も数十をかぞえるから、影の総数は半端ではない。無数と言いたくなるほどだ。

「いやっ！」

アルフィンが甲高《かんだか》い悲鳴をあげた。影の正体を知った。

体高五十センチ弱の小動物だ。シルエットは人間のそれに似ている。見た目はテラのサルに近い。そして、それと一緒にモグラのような生物がいる。

大地を埋めつくすかと思われるサルとモグラの群れ。それがにわかに出現し、いっせいに襲いかかってきた。

わさわさと音がする。ぎっぎっという耳障りな啼《な》き声が、それに重なる。

すかさず動いたのは、三人のハンターだった。装備の中からヒートガンを取りだし、それで塊となって蠢《うごめ》く動物たちを灼《や》きはじめた。

一方、アルフィンも自分の仕事をしようとした。怯えながらも、何をすべきかは忘れていない。彼女の任務は、カルロスの護衛だ。その前に立ちはだかり、動物たちの牙からかれを守らなくてはならない。

レイガンを手に、アルフィンはカルロスの正面に立った。

サルの群れが押し寄せてくる。モグラの姿は消えた。異種生物が連携《れんけい》している。モグラが穴を掘り、サルが攻撃を担当する。襲いかかってくるサルの群れは、まるで増殖する黒い絨緞《じゅうたん》のようだ。

炎が四方に疾った。ハンターたちがヒートガンを乱射している。多数を相手に応戦するとなると、広く炎を噴出させられるヒートガンは有効な武器だ。

しかし、この状況では、それが裏目にでた。

強引につくった空地の端に、かれらは伐採した苦よもぎの木を積みあげていた。直径数メートルはあろうかという巨木の山である。

そこにヒートガンの炎が命中した。

そのとたん。

巨木の山が燃えあがった。

爆発的な炎上だった。ガソリンの海に引火したような燃えあがり方である。

それを見て、カルロスは思いだした。

調査隊の報告書だ。

苦よもぎの木は、幹の中央部に水や養分を取り入れるための維《い》管束《かんそく》を有している。その中の導管には、可燃性の液体で満たされているものがある。幹の表面を傷つけただけでは、この導管は破壊されないが、苦よもぎの木を伐り倒すと、導管が破れ、そこから液体が流出する。そこに火を近づけると、爆発的に炎上し、大規模な火災を引き起こす恐れがある。

そのように記されていた。

まずい。

このままだと、野火が広がる。

「やめろ!」

ジョウがきた。ヒートガンを撃ちまくるハンターたちを制した。

「こいつらは、俺がなんとかする」ジョウは言った。

「誰かヤヌスに戻って消火作業をしてくれ。あとの者はイオノクラフトで上空待機だ」

「わしがヤヌスに戻る」カルロスが大声をあげた。

「レッド・T、上にあがれ。森の様子を調べろ。異常があったら、報告するんだ」

ボスの命令である。否応もない。レッド・Tは即座にその言葉に従った。

アルフィンにカバーされ、カルロスがヤヌスのハッチに飛びこんだ。サルが侵入する前に、扉を閉めた。

イオノクラフトが三機、ふわりと浮きあがる。ヤヌスは燃えさかる丸太の山へと向きを変えた。

ジョウはクラッシュジャケットのポケットから光子弾を取りだした。

サルの群れが、ジョウとアルフィンめざし、まっすぐに迫ってくる。

光子弾を投げた。

同時に、ふたりのクラッシャーは上体をひねった。手で顔を覆う。

光が爆発した。

白い、強烈な光だ。光子弾は音も熱もださない。かわりに、すさまじい光量の光を放つ。光のショックは、ほとんどの生物の視界を奪い、その衝撃で動きを止める。

サルの群れが棒立ちになった。その半数ほどが意識を失い、ごろごろと地上に転がる。

光が消えた。一瞬の出来事だった。

すかさず、ジョウはクラッシュパックから簡易型のガスマスクを二個、引きずりだした。

ひとつをアルフィンに投げ渡し、ひとつを自分がかぶる。

「NFガスを流せ」通信機のスイッチを入れ、ジョウは言った。

「サルを眠らせる」

「了解」

タロスの返事がきた。

ガレオンの車体下部からガスがでる。薄い黄色のガスだ。強力な麻酔薬である。重い気体なので、地表に溜まる。放出量を調整すれば、膝よりも上にあがってくることはほとんどない。

数分で、ガスが広場一帯に広がった。サルの群れが完全に鎮《しず》まった。これで、もう二十時間以上、目が覚めることはない。

「消火作業、終了」

カルロスから報告が入った。どうやら、火事のほうも無事に消えたらしい。

中和剤が撒《ま》かれた。NFガスを無力化した。

ジョウとアルフィンはガスマスクをとった。

「森の中にサルの姿なし」イオノクラフトのレッド・Tからも報告がきた。

「だが、しばらく飛んで、偵察をつづける」

「そうしてくれ」

ジョウは頭上を振り仰ぎ、手を振った。

「で、どうするんです？」通信機からタロスの太い声が響いた。

「このサルの大群」

「回収して、森に還す。穴は埋めろ」

「やれやれ」タロスはため息をついた。

「掃除は苦手なんですよ」

本気でぼやいた。

ピャグのイメージが途切れた。

アバドンは首を小さく左右に振った。

侵入者たちは、森の中で動きを止めた。苦よもぎの木を伐《き》り倒し、何かをしはじめた。これは、前にきた侵入者とよく似た行動だ。かれらもそのようなことをした。おそらく、しばらくここに留まって森の中をうろつきまわることになるのだろう。イメージから見て、どうやらアバドンを探す気でいるらしい。つまり、自分を求めているのだ。侵入者の意識は、依然として強い。この状態で、アバドンのイメージを割りこませる余裕は皆無だ。試すのなら、べつの方法が要る。

アバドンはピャグのイメージを捉えた。このあたりにはピャグの巣がある。洞窟《どうくつ》を棲家とし、数百、数千頭に及ぶピャグが生息している。ピャグは下等な小型生物だ。かれらなら、いつでも、アバドンのイメージをかれらの意識に重ねることができる。重ねれば、かれらはアバドンの手足となり、かれの望むがごとく自在に動くようになる。

アバドンは、ピャグとグァラに自身のイメージを与えた。グァラは、地中に棲む臆病な生物だ。かれらに穴を掘らせ、ピャグを侵入者のもとに導く。そのために、イメージを送る。

侵入者を襲え。地上にでて、いっせいに飛びかかれ。

ピャグとグァラはイメージに支配された。アバドンの意識のままに動き、グァラは侵入者のもとまでトンネルを掘った。ピャグはそのトンネルを抜け、群れとなって地上へと湧きだした。

侵入者はうろたえた。少しイメージが乱れた。だが、期待したほどではない。前にきた侵入者は、これだけで意識が空白レベルに陥り、アバドンの意識をあっさりと受け入れた。今回の連中は違う。乱れたのは一瞬であった。すぐに動揺を鎮め、反撃を開始した。

炎があがった。苦よもぎの木が炎上した。つぎに侵入者は、間を置くことなく、その火を消した。決断が早い。

アバドンは、前進した。予想したほどの混乱はないが、それでも、いまなら存在を気づかれることなく、接近が可能だ。そう判断した。

と。

とつぜんピャグのイメージが途切れた。

制圧された。あれほどのピャグの群れが。

一気に制圧され、ピャグの群れは力を失った。死んではいない。が、もう身動きがとれない。

何をしたのか？

アバドンにはわからない。

意識が強くなった。

イメージが鮮明になった。

強い意識を持った個体だ。

アバドンは緊張した。個体は、向こうからアバドンのほうへと近づいてくる。意識に乱れは毫《ごう》もない。つけ入る隙は皆無だ。

アバドンの視界に、その個体が入った。

クラッシャージョウ。

その個体の名だ。

ジョウが首をめぐらした。

アバドンと視線が交差した。

ジョウの動きが止まった。アバドンを視認した。距離はまだ相当にある。三百メートル以上、離れている。

アバドンとジョウが、互いに相手の姿を自身の目で捉えた。

とつぜん。

ジョウの背後に、一機のイオノクラフトがあらわれた。

上空から降下し、ジョウの頭上に至った。

乗っているのは、レッド・Tだ。

レッド・Tは手に何かを持っていた。イメージで、それが我が身を害するものであることをアバドンは知った。かれらは、それを武器と呼ぶ。この武器はレーザーライフルだ。

アバドンは体をひるがえした。すうっと流れるように動き、苦よもぎの木蔭に身を沈めた。

逃げる。

ここから離れる。いまは、まだ戦うときではない。

ダッシュした。全速力で走った。

イメージが急速に薄れた。追ってくる気配もない。

森の端へと、アバドンは退いた。

そして。

そこでニコラと出会った。

8

最初に感じたのは、憎悪と混乱のイメージだった。

そのイメージは、アバドンがとまどうほどに混沌《こんとん》としていた。

恐怖。怒り。憎しみ。悲嘆。後悔。自己嫌悪。

イメージとなった意識で、その意味はおぼろげながらもアバドンに伝わる。

顔がいくつか浮かんだ。

ふたつの顔に、とくに強い憎悪が向けられている。

顔のひとつは知っていた。カルロスだ。もうひとつのほう――ノフロロの顔は知らない。だが、イメージの連なりで、ふたりの関係はなんとなくわかる。

まずは、この個体を支配しよう。

アバドンは、そう思った。

個体は、停止したバギーに乗っていた。

ニコラである。助手席にすわるイゴールの死を知った直後だった。ニコラは髪を振り乱し、目を血走らせて、イゴールを見つめている。何をしていいのか、これからどうすればいいのか、考えることすらできない。一種の思考停止状態である。

アバドンが、自身のイメージをニコラの意識に送りこんだ。抵抗は皆無だ。混乱状態に陥った意識は、異なる意識を容易に受け入れる。

ニコラのイメージに、アバドンのイメージが重なった。

イメージがイメージを侵食し、ニコラの意識がアバドンのそれに置き換えられていく。

アバドンがニコラの生の意識を見た。

イメージが渦《うず》を巻いて流れこんでくる。膨大な量だ。ピャグのような下等生物とは較べ物にならない。

そのイメージを、アバドンはひとつひとつ吟味《ぎんみ》した。

意味不明のものが多い。言葉によって組みあげられているイメージも多数ある。しかし、明確ではないものの、アバドンにも理解できるイメージも少なからずあった。それにより、アバドンはいくつかの情報を得た。

この個体は、かなり以前、誰かの手で相当にひどい目に遭《あ》わされた。仲間をたくさん殺され、棲家を追われた。自身も心に深い傷を負った。

ノフロロの顔がいくつか連続してでてきた。

なるほど。アバドンは意識の中でうなずく。どうやら、この森への侵入者は一隊だけではなかったらしい。もう一組、この顔の男がリーダーとなっているチームがある。この個体は、その一隊を襲撃し、撃退された。以前、かれとかれの仲間を害したのが、カルロスとノフロロだ。その復讐を、この個体はおこなおうとしている。だが、奇襲は失敗に終わり、また仲間が死んだ。いま、かれの横にいる個体だ。

この生き残った個体は十分に使える。

アバドンは、そう判断した。すでに意識の支配は完了している。この個体は、アバドンの意のままに動く。もはや自分の意志は存在しない。

まずは、どちらかの隊をもう一度襲うことにしよう。

アバドンは考えた。不意打ちをかけ、支配する個体を増やすのだ。後に、かれらを使い、さらに襲撃を重ねる。前にきた侵入者にも、同じ手を用いた。この個体は、他の侵入者にとって明らかに敵だが、あとの連中はみな仲間同士だ。この侵入者は、仲間に対し油断をする。気を許し、無防備になる。その仲間が襲ってくるとなると、かれらは次第に疑心暗鬼に陥っていく。不信感が生まれ、信頼関係に亀裂《きれつ》が入る。自滅のはじまりだ。アバドンが手を下さずとも、侵入者は互いに殺し合い、この森から消える。

武器のイメージが湧きあがった。

そうだった。この生物は、牙《きば》や爪《つめ》で戦うことをしない。かわりに、武器と呼ばれる道具を使う。

どこかに、この個体の拠点がある。いや、それは棲家の一種ではない。乗物だ。侵入者は、誰もが乗物というものに乗ってここまでやってくる。この個体も、例外ではない。宇宙船。

また言葉だ。イメージすべてに言葉が関連付けられている。こんな生物は、この森にはいなかった。しかし、この言葉は前の侵入者の意識下にもあったので、アバドンは覚えていた。乗物という概念も、かれらと接触して学んだ。それがどういうものかは、おおむねわかっている。

宇宙船に行けば、武器がある。武器を持てば、この個体は強い力を帯びる。敵と戦うことが可能になる。

ニコラがバギーのエンジンを再始動させた。アバドンは、その真うしろについた。この乗物は、アバドンが乗るには小さすぎる。

走りだした。バギーが森の外へと向かう。アバドンは、そのあとを追った。かなりの時間、草原地帯を走った。バギーの速度に、アバドンは驚いた。侵入者の乗物は、概してそれほど速くない。森の中をゆっくりと進む。だが、このバギーは違った。ニコラの制御をうかつにゆるめると、あっという間にアバドンは置いていかれる。必死で走っても、追いつかなくなる。

宇宙船が見えた。

ワープ機関を搭載《とうさい》していない、通常航行専用の小型シャトルだ。ＶＴＯＬタイプで、平地であればどこにでも着陸できる。

バギーを停めた。ニコラが降りた。その視界が、そのままアバドンの視界になっている。イメージの結びつきが、より強固になった。いまはニコラの見た目が、アバドンの見た目だ。アバドンの思考が、ニコラの思考である。

宇宙船のハッチがひらいた。扉が手前に折れ、それがそのままタラップになる。

ニコラが船内に入った。ここで、アバドンはニコラの自由意志をわずかに開放した。やるべきことは、侵入者への攻撃である。そのようにイメージを送る。それを受け、ニコラ自身が作戦を練る。

武器、機材を選んだ。カーゴルームから銃や爆弾を運びだし、それをバギーに積む。積む前に、イゴールのなきがらを座席から地上に降ろした。これを埋葬したいとニコラは思っている。なぜそうしたがるのかは不明だが、その仕事はアバドンが引き受けた。適当な場所に穴を掘り、屍骸《しがい》を埋める。それだけだ。

作業を終えた。その間に、ニコラも荷積みを完了させた。バギーには武器や装備が山になっている。イゴールがすわっていたシートも、機材で埋まった。

つぎは、どうするか。

アバドンはニコラの意志を探った。

復讐。

ニコラのイメージははっきりしていた。相手はノフロロだ。イゴールの死が、その思いをより強くさせた。

復讐とは何か？　アバドンにはわからない。殺された仲間の仇《かたき》を討つ。理解不能だ。そこに意味はない。それをすると、死んだ仲間が甦《よみがえ》る？　むろん、そんなことはない。だが、仲間のために、殺した相手を殺す。それが絶対に必要だ。イゴールのためでなく、ニコラ自身にとって。

いいだろう。

復讐を遂《と》げさせてやる。

ノフロロを襲う。カルロスはあとだ。アバドンはイメージを与えて、ニコラの意志に応えた。

これからノフロロを殪《たお》しにいく。

となれば。

ノフロロがどこにいるのかを調べなくてはならない。

イメージを探した。頭上に意識を向けた。

すぐに反応があった。ツァバルがいる。森のはるか上空をゆったりと舞っている。

ツァバルに自分のイメージを送った。侵入者たちと違い、森の生き物は簡単に意識を支配できる。抵抗はほとんどない。

ツァバルが地上へと降りてきた。翼長二メートルほどの鳥だ。彎曲《わんきょく》した鋭いくちばしを持つ、肉食の猛禽《もうきん》である。濃い緑色の羽は、森の色に溶けこみやすく、視認するのがむずかしい。

ツァバルに、仕事を与えた。森を飛び、ノフロロという侵入者の一行を発見する。

ツァバルが森の中へと向かった。

今度は、ツァバルの視界がアバドンの視界になった。方角の見当はおおむねついている。ニコラが森のどのあたりでノフロロを襲ったのかがわかっているからだ。その近辺を探れば、必ず見つかるはずだ。

予想は的中した。

さして待つことなく、アバドンは二輛の地上装甲車の姿を捉えた。先に遭遇したカルロスたちの乗る乗物と、ほぼ同じものだ。

地上装甲車は森の中で停止していた。苦よもぎの木《き》を伐り倒し、丸い空地をつくっている。どうやら、ここで夜を明かすつもりらしい。

同じようなことをするんだな。

そんなことを、アバドンは思った。カルロスの隊も、そういった準備をしていた。そこへ、アバドンはグァラを使ってピャグの群れを送りこんだ。あれはささやかな遊びだった。

今度は違う。本気でやる。

ツァバルのイメージを断った。

意識をニコラに戻した。

行くぞ。

指示を発した。

第三章　幻獣夜襲

1

夜になった。一時間が短いためだろうか。陽が翳《かげ》ったと思ったら、すぐに周囲が闇に包まれた。

焚火《たきび》の炎と地上装甲車のライトが、あたりを明るく照らしだしている。焚火は苫よぎの丸太をそのまま燃やした。驚くほど、よく燃える。

サーチライトが、闇を横切った。一機のイオノクラフトが、ふわりと樹上から舞い降りてきた。ハンターのひとり、シークが乗っている。長身の黒人だ。ヘルメットをかぶり、自動調光型の暗視スコープを顔面に装着している。

「異常、ありません」

焚火の前に椅子が置かれ、そこにノフロロが腰かけていた。シークはノフロロに向かい、状況を報告した。

「こっちも問題ないわ」

ダーナがきた。うしろにベスがつづいている。ふたりは周囲を歩いて、森の中の様子を探ってきた。ルーとトトは、ダフネにこもりっきりで熱源レーダーなどの探査装置を監視している。

「怪しいやつの姿はなしってことか」

ノフロロが言った。黒褐色の肌に、汗が浮かんでいる。日没で、森の気温は大きく下がった。それもあって焚火をすることにしたのだが、強い火勢が、思った以上に気温をあげているらしい。

「センサーを、ひととおり仕掛けてきた」カマタがあらわれた。

「いま、ダンプがワッチしている。襲撃者だろうが、アバドンだろうが、何が近づいても、見逃すことはない」

「アバドンなら、大歓迎だ」ノフロロはにっと笑った。

「というよりも、でてきてくれないと、困る」

巨体を揺すり、ノフロロは声をあげ、さらに笑った。

「ワインをお持ちしました」

グラスを手に、ハンナがきた。横に、プロフェッサー・ボランがくっついている。ボランはグラスとボトルを両手に持ち、顔がわずかに赤い。ひょろりとしたからだがいつもより不安定で、足もとがゆらゆらとしている。

「さっきの襲撃者だが」グラスを受け取り、ノフロロはダーナに向き直った。

「あれは何ものだと思う？」

低い声で訊いた。

「わかりません」ダーナは首を横に振った。

「データのない敵に対し、予断を持つのは、適切でないと思います」

「ふむ」ノフロロは鼻を鳴らした。

「優等生の答案だな」

「申し訳ありません」

「おまえは、どう思う？」

ノフロロはカマタに視線を移した。

「非合法ハンターです」カマタは即座に答えた。

「この星にもぐりこみ、アバドンを狩ろうとしていた連中がわれわれの到着を知り、先制攻撃を仕掛けてきた。そうとしか思えない」

「そうだな」ノフロロは小さくうなずいた。

「わたしも同感だ。あの襲撃は無謀の一語に尽きる。あんなマネをするのは、非合法ハンター以外にありえない」

「問題は、どれくらいの非合法ハンターがこの森にひそんでいるかでしょう」カマタがつづけた。

「あのふたりだけというのは、とても考えられない」

「我が社の侵入監視システムが破られているというのか？」

ノフロロの眉根に、浅くしわが寄った。

「完璧なシステムなど、どこにも存在しません」カマタは言った。

「あいつらがここにいて、われわれを襲った。それがすべてです。それをもとに、われわれは対処しなくてはいけません」

「しかし、それはクラッシャーにまかせたい」ノフロロの目が、ちらりとダーナを見た。

「わたしたちがここにきたのは、アバドンを捕獲するためだ。可能ならば、そのことだけに専念したい。むろん、きみたちハンターもそうだ。襲われたとき、自分で自分を守るのはやむを得ないが、積極的にハンター対策を練られたのでは、本来の目的がおろそかになる」

「クラッシャーは、たしかにすごい」カマタもダーナに目をやった。

「先ほどの身を挺《てい》した働きには、本当に感心した。反撃もみごとだった」

「…………」

「だが、クラッシャーは非合法ハンターのことを知らない。安全にハンティングを進めたいのなら、まずわれわれが知っている非合法ハンターに関する情報をクラッシャーに伝えておかなくてはいけません。まずは、その時間が必要です」

「なるほど」ノフロロはあごを引いた。

「その主張はもっともだ」

「よろしければ、いまのうちに仕事をどう分担するのかも含めてクラッシャーと打ち合わせしたいのですが、いかがでしょう？」

「わたしに異存はない」ノフロロは言った。

「きみたちはどうだ」

ダーナに向かい、あごをしゃくった。

「クライアントの意志に従います」

ダーナは答えた。

それで決まった。

ノフロロは食事をはじめた。秘書のハンナが給仕をし、ボランが付き合う。

「剛胆なのか、のんきなのか……」

ため息混じりで、ダーナが言った。ダーナとベス、カマタ、シークの四人はノフロロから離れ、切りひらいた広場の隅へと移動した。折り畳み椅子を向かい合わせに並べ、そこに腰を置いた。

「両方だな」カマタが言った。

「ノフロロとははじめてだが、この手の金持ちには何度も雇われたことがある。みんな同じだ。動じない。うろたえない。しかし、重大な危機に気がついてもいない」

「よくいえば、まわりの者を信頼しているってことでしょ」

ベスが言った。

「それは、たしかにある」カマタは細長いバー状の携帯食糧を口にくわえ、その一端をがりっと嚙み切った。

「どんな状況でも、雇ったやつがなんとかする。自分に危害が及ぶことはない。そう信じている」

「悪くいえば、何も考えていないってことかしら」

ダーナが言った。

「いちばん最初に考えたのさ」カマタは小さく肩をすくめた。

「誰を雇えば、完璧な仕事をしてくれるのかを」

「喜んでいいの？　それとも困ったほうがいいの？」

ベスが訊いた。

「両方だ」

カマタが言った。

「あの襲撃、本当に非合法ハンターのものだと思う？」

ダーナが問いを放った。口調が、わずかに鋭くなった。

「ほかに誰がいる」カマタは表情を引き締めた。

「この星にはハンターの夢がある。誰だって夢は独り占《ひと じ》めにしたい。ライバルは蹴落とせ。ましてや自分が非合法の立場ともなれば、どんなことでもする」

「ノフロロには敵がいるわ」ダーナはつづけた。

「ここへくる直前、かれはテロリストに襲われた。無事に撃退できたが、あやういところだった。明らかに組織化されたテロリストで、あれが最後の作戦だったとは、とても思えない」

「さっきの襲撃は、そいつらの第二波だというのか？」

カマタはダーナを見た。

「断定はしないけど、可能性は否定できない」

「だとしたら、どうする？」

「接近する何かがいたら、あたしたちは片はしから撃つ。そうしたい」

「そりゃ、むちゃだ」カマタは目を剥いた。

「そんなことをしたらハンティングが台なしになる。こっちはアバドンを俺たちのほうに呼び寄せたいんだ。いや、アバドンでなくてもいい、まずは、どういう動物がこの森に巣食っているのかを徹底的に確認したい。それにより生態系がわかり、その頂点にいるはずのアバドンへと、俺たちは迫ることができる」

「このままだと、敵に先手を打たれるわ」

「迎え撃ってくれ」うなるように、カマタは言った。

「ハンティングの邪魔をせず、そいつらを排除してくれ。さっきノフロロにも言ったが、非合法ハンターが相手なら、俺たちも反撃する。だが、テロリストなら、何もできない。俺たちはノフロロが指示するままにハンティングを続行する」

「合意に達するのは、無理ってことね」

ダーナが椅子から立ちあがった。

「立場が違うんだ」カマタは首を横に振った。

「互いの領分を守り、それぞれにベストを尽くそう」

「すてきな獲物に期待しているわ」

「何も起きないことを祈っている」

「それ、無理じゃないかしら」

ベスが言った。

そのとおりだった。

深夜。

アバドンがキャンプを襲った。

2

襲撃の下準備は、日没までかかった。

もっとも時間を費《つい》やしたのは、森全体を覆うジャミングシステムの構築だった。

それがどういうものか、アバドンには見当もつかない。しかし、イメージでニコラが訴えてくる。どうやら、侵入者たちは、何か道具を使って互いに遠く離れていても言葉を交わすことができるらしい。それを阻止しないと、二手に分かれた侵入者を完全に切り離すことができない。

阻止は可能だと、イメージが示す。そのための道具をニコラは持ってきた。

アバドンはニコラの希望を容《い》れた。ニコラは宇宙船からその道具を持ちだし、アバドンに見せた。

ニコラの拳《こぶし》ほどの大きさをした小さな塊がたくさんあった。イメージでは、これを森のまわりにひとつずつ、並べて置かなくてはいけないことになっている。数は数百。ニコラひとりでは無理だ。

「置くだけでいいのか?」

イメージを、アバドンはニコラに送った。

イメージが返ってきた。

一定の距離を置き、森の外縁に生えている苦よもぎの木の幹に、この塊――中継装置を貼りつける。そういうイメージだった。

ピャグで十分に間に合う。その程度のことだ。

アバドンは、ピャグを集めた。

ピャグはあっという間にきた。そこから何百頭ものピャグが、群れをなして出現した。

アバドンがピャグを操る。

二頭のピャグがチームを組み、ひとつの中継装置をかかえた。それから、アバドンのイメージを受け、いっせいに走りだした。

やがて、日が暮れた。

アバドンとニコラは、ノフロロのキャンプ地へと向かった。

キャンプ地の三キロ手前で、ニコラは速度を落とし、バギーの出力を下げた。全開のエンジンは熱源レーダーに捕捉されやすい。ぎりぎりまで接近したとして三キロが限度になる。しかし、出力を絞れば、騒音も排熱量も激減する。距離一キロまで近づいても、感知されない。森の動植物の中にまぎれることができる。

ヘッドライトを消し、ほとんど歩行速度で二キロを進んだ。森の中は真っ暗だ。進路はアバドンがイメージで教えた。風は向かい風である。

バギーを停めた。

アバドンのもとに、つぎつぎとイメージが届いた。侵入者のキャンプ地周辺に配した、ピャグの群れからのイメージだ。

侵入者たちは、まだ活動している。焚火が燃え、照明が明るく灯っている。決行するには、まだ早い。アバドンは、そう判断した。侵入者が夜行性でないことは、もうわかっている。かれらの多くは、夜になると眠る。活動をやめる。それをアバドンは待つ。

夜が更《ふ》けた。

淡く輝いていた衛星が地平線に隠れ、森全体が真の闇の底に沈んだ。

侵入者のキャンプ地が静かになった。焚火が消え、人影も少なくなった。

アバドンは、イメージをニコラに見せた。ニコラが、その状況をイメージでアバドンに説明する。

ダフネとエスバット、二輛の地上装甲車が丸くひらかれた広場の左右に置かれていた。離してあるのは、誘爆を防ぐためだ。不意打ちをくらっても、二輛の地上装甲車を一気に失わないための対策である。

地上装甲車の間には、半球体の硬質テントが二張り、設置されていた。防弾耐熱の素材でつくられた特製のテントだ。ひとつにノフロロとボランが入り、もうひとつにハンナが入っている。クラッシャーとハンターは、屋外だ。何人かは地上装甲車の車内にこもっているが、五人ほどが交替で周囲の警戒にあたっている。

この警戒網をどのように破るか。

作戦のイメージをニコラがアバドンに見せた。

アバドンには思いもつかない奇襲の策を、ニコラは提示した。

小型の爆弾が数十発ある。時限信管付きで親指の先ほどという大きさにもかかわらず、ひじょうに高い破壊力を有している。

これを小動物に飲ませ、広場に放つ。

そういうイメージが、アバドンの脳裏に広がった。

驚きながらも、アバドンは、この策を容《い》れた。侵入者は強い。それは、カルロスの隊を試したときに痛感した。前にきた侵入者は、これほどに猛々《たけだけ》しくはなかった。アバドンの仕掛けにつぎつぎと動揺し、混乱をきたした。そして、無防備にさらけだした意識をアバドンに捕えられ、そのしもべとなって自滅していった。

この侵入者たちに、そのような甘い手は通じない。逆襲され、アバドンが討たれる。やるなら、容赦《ようしゃ》なくやらないとだめだ。

いま一度、ピャグの群れを呼んだ。

ニコラが手早く、集めたピャグに爆弾を飲ませた。時限信管の起爆時間を調整し、最適のタイミングで爆発するようにした。そういった訓練をニコラは徹底的に受けてきている。

爆弾を飲ませ終わった。

ピャグを広場に向かわせた。

アバドンに操られ、四十四頭のピャグがいっせいに森の中へと散る。

広場に着いた。左右に広がった。広場を囲む外縁の木々に取りついた。センサーは反応しない。音も熱源も、ピャグのような小動物で誤作動しないよう、センサーには微妙な調整がなされている。

準備がととのった。

ニコラはバギーに戻り、操縦レバーを握っている。車体の背後にはアバドンが立ち、ニコラが秒数をカウントする。

時がきた。

最初に、数頭のピャグが爆発した。

苦よもぎの木にへばりついていたピャグだ。木の幹が砕け、倒れた。

ダフネが巨木の下敷きになる。エスバットの上にも、数本が倒れかかってくる。

と同時に。

ニコラはバギーを発進させた。

いきなりエンジン全開だ。もうこそこそする必要はない。可能な限り、すみやかにノフロロのもとへと迫る。

最高速度に達した。後方からイメージがくる。それで進む方角がわかる。立ち並ぶ木々をかわし、バギーは疾駆《しっく》した。


轟音が耳をつんざいた。

反射的に、ダーナは大地に身を投げた。

炎があがった。爆風が渦を巻いた。

爆発だ。それも連続して起きる。

苦よもぎの木が倒れてきた。一本や二本ではない。広場を囲む木々の根もとが爆発し、内側へつぎつぎと倒れてくる。

地上装甲車がやられた。ダフネとエスバットの上に苦よもぎの木がどさりと落ちた。

地表に俯《うつぶ》せになり、上体だけを右横にひねった体勢で、ダーナはそれを見た。

「ルー！」

通信機をオンにし、妹の名を呼んだ。

雑音が響いた。ダフネはほんの数メートル先にある。たったそれだけの距離なのに、通信ができない。耳障りな音だけが耳朶《じだ》を打つ。

まずい。

ダーナの顔色が変わった。

一方。

ダフネの車長席では、ルーが蒼《あお》ざめていた。

コンソールのスクリーンがアラートで真っ赤になっている。

センサーが、熱源を捉えた。だが、どれがどういう熱源なのか、まるでわからない。

すぐ近くに複数の熱源が発生した。そのほかにも、いくつかの熱源が広場の周囲にある。

その中には、森を貫くように高速で動いているものもある。

分析をしなくてはいけない。だが、この状況では無理だ。押し寄せるデータに、解析装置が悲鳴をあげている。

「おねえちゃん！」

ルーが無線でダーナを呼んだ。とにかく、熱源に関する警報だけでも、ださなくてはいけない。

すさまじいノイズがスピーカーから飛びだした。

交信不能。

「なんなのよ」

拳を握り、ルーはコンソールを殴《なぐ》った。

「外へでてください」操縦席のトトが言った。センサーの監視と分析はトトが受け持っている。

「あとは、わたしがやります」

「わかった」

ルーが車長席から立ちあがった。ハッチをあけ、首を車外に突きだした。

熱風がくる。爆発音が空気を揺さぶる。

苦よもぎの木が数本、ダフネの上に覆いかぶさっていた。車長席のハッチはぎりぎりでその直撃を免れている。

ダフネの外にでた。照明と燃えさかる苦よもぎの炎とで、外は意外に明るい。

地面に倒れ伏すダーナの姿が見えた。

「おねえちゃん!」

ルーが叫ぶと、ダーナは首をめぐらした。

「襲撃よ」ダーナは言った。

「通信ができない。ルーはノフロロのところに行って!」

早口で怒鳴った。断続的に爆発がつづいている。そのたびに、広場に苦よもぎの木が倒れてくる。

「了解」

ルーは跳んだ。車上からジャンプし、地上に降りた。レイガンをホルスターから抜き、構えた。

そのときだった。

エスバットが爆発した。車体が紅蓮《ぐれん》の炎に包まれた。

3

体を低くし、飛び散る破片をルーはかわした。

正確にいうと、エスバットが爆発したのではなかった。車体後部、装甲プレートの表面で爆弾が炸裂《さくれつ》した。二頭のピャグが、そこに飛びついたためだ。しかし、そのことをルーは知らない。

激しい爆風で、テントがあおられていた。向かって右側のテントが、ノフロロのそれだ。特殊素材が熱に灼かれ、変色している。

ルーはテントの脇に移動した。

「無事ですか？」

声を張りあげ、訊いた。

テントの出入口がひらいた。そこからノフロロが顔をだした。

「怪我はない」ノフロロは言った。

「何ごとだ？」

「襲撃です」ルーは言った。

「森の木に爆弾が仕掛けられています」

言葉の途中で、またあらたな爆発が起きた。数本の苦よもぎが吹き飛び、転がるように広場へと倒れた。周囲の木々が時間差で爆破され、地表に転がる。導管から漏れた樹液に爆弾の火が移り、激しく炎があがる。

「ここは危険です」ルーは言葉をつづけた。

「こちらにきてください」

ダフネを指差した。爆弾は広場を囲む木々に仕掛けられている。一度、爆発したら、そこはもう爆発しない。危険なのは、まだ爆発していない苦よもぎだ。最初に倒れた木の下敷きになったダフネのまわりは、いまもっとも安全な場所である。ルーは、そのように判断した。

「先導しろ」

ノフロロが言った。そのうしろにプロフェッサー・ボランがいる。こちらはノフロロと違い、顔の色が白い。全身ががたがたと震えている。

「待って！」

となりのテントの出入口がひらいた。そこからハンナが飛びだした。小走りに駆け、ノフロロの横にきた。

「行きます」

ルーが言った。上体をかがめ、ダフネに向かって走った。

途中で、ダーナが合流した。ルーにつづく三人の背後にまわり、レーザーライフルを突きだして、周囲の様子をうかがう。

ダフネの蔭に入った。背後にダフネを置き、三方に目を配る。ダフネの中ではトトが火器のトリガーレバーを握っているはずだ。

「おーねえちゃん！」

ベスがあらわれた。全身、煤《すす》だらけだ。はあはあと肩で息をしている。燃えさかる炎の照り返しで浮かびあがるその姿は、相当にすさまじい。あえぎながらベスはへたりこみ、ダーナの横に並んだ。

「ハンターは？」

ダーナが訊いた。

「姿が見えない」ベスはかぶりを振った。

「イオノクラフトが二機、いなくなっている」

「勝手に動いたのね」

　ダーナは唇を嚙んだ。

　カマタとのやりとりを思いだした。

「非合法ハンターが相手なら、俺たちも反撃する」

「互いの領分を守り、それぞれにベストを尽くそう」

　カマタは、そう言っていた。

　おそらく、これを非合法ハンターによる奇襲と考えたのだろう。そこで、すぐに行動を開始した。

「エスバットはどうなの？　ひとり乗っていたでしょ？」

　ダーナは問いを重ねた。

「わかんない」ベスは答えた。

「あっちのほうには行かなかったの」

「通信機で呼びだせ」

　ノフロロが言った。ノフロロは、ルーとダーナの間に立っている。そのうしろにハンナが立ち、さらにその向こう側にボランがいた。

「通信機、使えません」ルーが口をひらいた。

「通信管制がかかっています。すべての周波数、すべての方式で、交信は不可能です」

「！」

ノフロロの表情がこわばった。それは尋常《じんじょう》な話ではない。軍隊レベルの戦法だ。少なくとも、非合法ハンターごときが打つ手でないことは明らかである。

「エスバットを調べてくる」ダーナが言った。

「ひとりだけでも、ここに戻さないとだめ」

「あたしが行く」

ルーが体をひるがえした。ダーナを制し、その場から素早く離れた。

レイガンを手に、ルーはエスバットめざして走る。連続爆発は、ようやく一段落した。広場を囲んでいた苫よもぎのほとんどが爆弾に根もとを砕かれ、倒れた。そのうちの半数ほどが炎をあげている。

エスバットに到達した。四本の苫よもぎが車体にかぶさり、車体後部の装甲が大きく裂けている。

乗降ハッチがあった。そこにルーは近づいた。ハッチがひらいている。内部を覗き見た。シートに人の姿がない。たしか、ここにはハンターのシークがいたはずだ。脱出したらしい。

ルーは首をめぐらした。

人影が視野を横切った。苦よもぎの炎で、顔がちらりと見えた。シークだ。森の中に入ろうとしている。

「シーク！」

ルーは大地を蹴った。あわててシークを追った。かれが向かおうとしているのは、ダーナたちがいるのとは反対の方角だ。呼び戻さなくてはいけない。

広場の端に進んだ。眼前、数メートル先にシークの背中がある。ルーはもう一度、シークに声をかけようとした。

その刹那《せつな》。

巨大な影が、シークを覆った。

「！」

ルーの足が止まった。全身がすくみ、その場に釘づけになった。

ルーが目にしているのは影の輪郭だけだ。

丸い頭部に角がある。七本の角。牙が見える。鋭く長い牙が、さしわたし一メートルはあろうかという口にびっしりと生えている。

影は後肢で高く立ちあがっていた。前肢は頭部の横に振りあげている。五本の指に、これも鋭く長い爪がある。体長は、少なくとも三メートル以上。体幅は二メートル近い。

シークが棒立ちになった。巨獣を前に、ルー同様、身動きがかなわなくなった。

つぎの瞬間。

影が揺れた。ふわりと崩れるように動いた。

右の前肢が、横に疾る。

シークの首すじを一撃した。

鮮血が散った。爪が肉を断ち、頸動脈を裂いた。

皮一枚を残し、シークの首がちぎれた。頭が胴から垂れさがり、シークは宙を飛んだ。

地面に叩きつけられた。

苦よもぎの炎が、巨獣の頭部を照らしだす。

眼球が光った。

眼球？

鼻梁をまたいで並ぶ一対《つい》の瞳。その上に、ひとつだけ光る瞳。そして、さらに頭頂部へと並ぶ二対の瞳。

七つの目が、ルーを見据える。

間違いない。あれは七つの眼球だ。

「アバドン」

知らず、ルーの口から言葉が漏れた。

アバドンがルーに迫る。

悲鳴をあげた。恐怖が、ルーの全身を包んだ。

すさまじい絶叫を響かせた。

ただ泣き叫ぶだけ。それ以外に、ルーにできることはなかった。


「ルー!」

ダーナの顔色が変わった。

魂消《たまぎ》る悲鳴が、闇をつんざいた。

ルーの悲鳴だ。ダーナにはわかる。ベスにも聞きわけられる。

エスバットのほうだ。そこで、ルーに何かがあった。

ダーナとベスは、一瞬、みずからの仕事を忘れた。四方に目を配ることができなくなり、意識を悲鳴のした方角に向けた。

隙が生じた。コンマ数秒の隙だった。

その隙を、手練《てだ》れのテロリストが衝《つ》いた。ニコラのバギーが、一気に広場へと突っこんできた。

自動操縦でバギーを走らせ、ニコラは操縦席に仁王立《におうだ》ちになっている。手にしているのは、大口径のライフル銃だ。

間合いを詰めた。地上装甲車の蔭に、ノフロロがいる。クラッシャーと女秘書にはさ

まれ、頭をかかえている。

トリガーを引いた。ニコラはライフルを連射した。三十連弾倉が、瞬時に空になった。バギーが駆けぬける。広場を横断し、また森の中へと飛びこむ。クラッシャーの反撃はない。

ライフルの銃弾が、ダーナとベスを打ちのめした。三十発のうち、十七発がふたりのクラッシャーに命中した。ふたりは、楯になった。ノフロロとハンナを狙った弾丸すべてを、彼女たちふたりが、そのからだで受けた。防弾耐熱のクラッシュジャケットが、貫通しようとする弾丸を完璧に弾き返した。だが、その命中の衝撃までは吸収できない。ダーナとベスが崩れるように倒れた。ふたりとも血を吐き、地面に転がる。至近距離から放たれた弾丸により骨が折れた。打撲も負った。

トトがダフネからでてきた。地上に飛び降り、ダーナとベスのもとに駆け寄った。まず、クライアントであるノフロロの様子を見る。

無傷だ。ハンナも怪我ひとつしていない。

ボランの姿がなかった。ボランは、少し離れた場所にいた。クラッシャーの楯に守られていなかった。

トトの視界に、うずくまるようにして倒れているボランのからだが映った。血溜まりの中に、そのからだはぐったりと沈んでいる。

バギーが去った。爆発も、もう起きることはない。

森に静寂が戻った。

4

何かが森の中を疾駆している。

高速バギーだ。

双眼鏡を兼ねた自動調光式の暗視装置が、その動きを捉えた。暗視装置はハンティングの必需品だ。夜の狩りに、この装置は欠かせない。ハンターは必ずこれを顔面に装着する。それは、カマタにとって常識といっていいことである。

二機のイオノクラフトが森の上空で弧《こ》を描いた。カマタのイオノクラフトの右どなりに、ダンプのそれが並んだ。通信機で呼びかけたが、聞こえてくるのは、ノイズだけだ。通信管制がかけられている。

ダンプが首を横に振り、手信号で合図をした。

「左右に分かれ、バギーをはさみこもう」

むずかしいところだ、とカマタは思った。イオノクラフトと高速バギー、彼我《ひが》の速度差は、相当に大きい。しかし、セオリーはダンプの言うとおりだ。

手信号を、カマタは返した。

「最短コースを飛び、チャンスを狙う。必死で食らいつけ」

バギーはいかにうまく操っても、密生する苦よもぎの木々に行手を阻まれる。全速力で走りつづけることができない。それに対して、森の上を飛ぶイオノクラフトは、そういった制約を受けない。どこまでも最高速で、まっすぐに飛行しつづけられる。

爆発が起きたとき、カマタはエスバットの下で仮眠をとっていた。

爆発と同時に飛び起き、イオノクラフトへと駆け寄った。つぎに攻撃をかけられたら、そうすると最初から決めていた。

一機のイオノクラフトの上にダンプがいた。ちょうど夜間巡回から戻ったところだった。野生の肉食獣は夜行性であることが多い。生態のわからないアバドンがハンティングの対象となれば、深夜であっても、警戒を怠ることはできない。

爆発は断続的につづいた。どうやったのかは不明だが、時間差をつけて爆弾を仕掛けられた。このままだと、イオノクラフトにも被害が及ぶ。

即座に、イオノクラフトに飛び乗った。ダンプも、そのままイオノクラフトを再浮上させた。

いったん百メートル以上、上昇した。ノフロロのことは考えなかった。かれの身を守るのは、クラッシャーの仕事だ。ハンターが手をだすことではない。

暗視装置を装着し、広場の様子を見た。炎があがっている。ダフネは苦よもぎの木の下敷きだ。エスバットも、ひどく損傷している。人影は判然としない。揺らめく炎の中で、ものの形がかなりわかりにくくなっている。

視線を森のほうに移した。木々の枝に、めまぐるしく跳ねまわる小動物がいた。小型のサルに似ている。炎にあおられて地上に飛びだし、うろたえて暴れまわっているのだろうか。数が多い。

とつぜん。

悲鳴があがった。

けたたましい、女の声だった。あわてて首をめぐらし、カマタは声の主を探した。

広場の端に、凝然と立ちつくすクラッシャーがいた。誰かはわからない。森に目を向けている。何かがそこにいるらしい。だが、何がいるのかは、苦よもぎの木に隠れて、何も見えない。

と。

今度は銃声が響いた。

すさまじい連射音だった。同時に、甲高いエンジン音も轟いた。

広場の反対側だ。

カマタは、また首をまわす。

ダフネの脇をかすめ、黒い大きな影が広場を横切った。影は、広場を突っきって、森の中に飛びこんだ。

「あれを追う！」

手信号で、カマタはダンプに意志を伝えた。

イオノクラフトが反転する。高度を下げ、森の奥へと進む。

すぐに、影の実体を捉えた。

高速バギーだとわかった。

あれが襲撃者そのものだ。

追跡した。

百メートルほどの距離を置き、二機のイオノクラフトが併走する。その真ん中に、バギーがいる。地上を走っているので、その姿はほとんど見えない。しかし、カマタとダンプは暗視装置ではっきりと動きを捉えている。時速は五十キロくらいだろうか。森の中では、それ以上に速度をあげることができない。

イオノクラフトは、さらに高度を下げた。苦よもぎの梢《こずえ》ぎりぎりの位置を保つ。気のせいか、バギーのスピードが少し鈍ったようだ。森の木々の密生度が高まり、前進がむずかしくなっている。現にバギーは右往左往していて、まっすぐに走っていない。

「捕まえられるぞ」

カマタはダンプに手信号を送った。闇の中だが、イオノクラフトもダンプも、鮮明に見える。ダンプが手信号を返した。

「上につこう」

「了解」

カマタはイオノクラフトをバギーに接近させた。ダンプも、ななめに飛行し、バギーに迫っていく。カマタとダンプの距離が、一気に縮まった。

攻撃の準備をする。カマタは、小型のバズーカ砲を構えた。ダンプも同じ武器を携えている。

「同時に進路をふさぐ。五秒前から指を折る」

手信号で、カマタはダンプに指示をだした。

バギーの速度が四十キロを切った。蛇行がはなはだしい。ヘッドライトなしで深夜の森を疾駆しているのだ。この速度でも幹に激突しないのが不思議である。よほど精度のいい障害物センサーを搭載しているのだろう。

まもなく、イオノクラフトの真下にバギーがくる。

ふたりのハンターは、バズーカ砲のトリガーボタンに指をかけた。

風がばたばたと騒ぐ。

異様に騒ぐ。

耳に強く響く。

　視線を横に移した。

　黒い、小さな影が視界をよぎった。

「なに？」

　カマタの表情がこわばった。

　何かがいる。正体不明の何かが、このイオノクラフトを囲んでいる。

　首を左右に振った。素早く動く黒い影が、闇の中を乱舞している。

　ダンプを見た。それで、何がいるのかがわかった。ダンプのイオノクラフトも、同じような影に周囲を囲まれている。

「鳥？」

　カマタは瞳を凝《こ》らした。ダンプはうろたえ、しきりにバズーカ砲を振りまわしている。

　影は動きが速い。ズームしたら、視界から外れてしまう。そのため、アップにして見ることができない。だが、形状は鳥のそれだ。羽を持ち、それで宙を舞っている。

「あつっ！」

　カマタが悲鳴をあげた。背中に激痛が走った。

　振り向くと、影がふわりと離れていく。

　べつの影がきた。そちらに目を向けた。

くわっとひらいた口。そこに長い牙がある。鋭く尖り、カマタに迫る。

「ちっ」

反射的に、カマタはバズーカ砲の砲身で影をはたき落とそうとした。影は流れるようにその一撃をかわし、カマタの背後へとまわった。

コウモリだ。この生物は、テラのコウモリに似ている。翼長は一メートルほどもあろうか。夜目が効き、身軽に飛ぶ。肉食で、気が荒い。

肩を噛まれた。足も噛まれた。

気がつくと、十数羽のコウモリもどきが、渦《うず》を巻くようにイオノクラフトの周囲を飛んでいる。いつの間にか三倍以上に数が増えた。この至近距離である。群れという感じではない。コウモリの塊だ。見た目では、まさしくひしめいている。

耳鳴りがした。キーンという甲高い音が、カマタの耳の奥でけたたましく響いた。

目がくらむ。頭痛が走る。

逃げなくてはだめだ。

そう思った。

イオノクラフトを操り、森の中に飛びこむ。それしかない。

降下させた。その間も、間断なくコウモリもどきが襲いかかってくる。あちこちを噛まれ、激痛が脳天をつんざく。

枝が全身を打った。苦よもぎの葉が、ちぎれて飛んだ。イオノクラフトがぐらりと揺れる。

バランスを崩した。こうなると、イオノクラフトは弱い。正常に飛行できなくなる。

ひっくり返った。視界がななめになった。

あっと思った瞬間。

背中から地面に叩きつけられた。ショックで息が止まる。しかし、意識を失うほどではない。自分で思っていたよりも高度が低くなっていた。墜落したのは三メートルくらいだろう。

身を起こした。その目に、倒れ、呻《うめ》いているダンプの姿が映った。距離は十メートルと離れていない。

ダンプも落とされた。しかも、ほぼ同じ場所に。

はめられた。

背すじがすうっと冷えた。これは偶然ではない。ふたりはバギーを追ったのではなく、追うようにしむけられたのだ。そして、なんらかの方法で誰かがあのコウモリもどきを使い、イオノクラフトをここに落下させた。

誰が、なんのために、どうやって？

気配を感じた。

顔がひきつる。髪の毛が逆立つ。心臓が痙攣《けいれん》するように高鳴る。動揺が激しい。心がひどくざわつく。

上体をひねった。うしろを見た。

そこに。

アバドンがいた。

5

ダーナの意識が戻った。地面にラバーシートが敷かれ、その上にダーナとベスが寝かされている。看護にあたっているのは、トトだ。ルーはハンドブラスターを構え、歩哨《ほしょう》にでた。いまは姿がない。

「大丈夫ですか？」

トトがダーナに訊いた。

「いま何時？」

ダーナが口をひらいた。質問に対する答えではない。逆に問いを返した。弱々しい声だ。いつものダーナではない。

「ここの時間で、午前三時二十一分です」トトが言った。

「夜明けまで、まだ四時間以上あります」

「…………」

ダーナは仰臥《ぎょうが》したまま、首をわずかに横へと傾けた。ベスが倒れている。腰から胸にかけてが、樹脂サポーターで覆われ、見るからに痛々しい。

「ひどいの？」

また、ダーナがトトに尋ねた。

「ええ」トトはうなずいた。

「おふたりとも、かなりの重傷です。外傷はほとんどありませんが、骨が何本か折れています。肋骨、鎖骨、大腿骨。打撲の影響が内臓にも及んでいて、胃や腎臓《じんぞう》などに軽度の出血が見られます」

「治療は？」

「ひととおりしました。鎮痛剤も投与してあります。内臓の出血は、たぶん、もう止まっているはずです」

「まいったわね」

ダーナが上体を起こした。鎮痛剤が効いているのだろう。痛みはない。ただし、力も入らない。両腕でからだを支え、腰から上をむりやり引きあげた。

あぐらをかき、背中を丸める。そこで、いったん動きを止め、呼吸をととのえる。

「本当に大丈夫ですか？」

トトがダーナの顔を覗きこんだ。

「生きてるだけで、十分よ」

ダーナは薄く笑った。

「気がついたようだな」

ノフロロがきた。クラッシャーに楯《たて》になってもらったのが効を奏し、この男はいたって元気である。一時の狼狽《ろうばい》も、いまは完全に消えた。

「状況、どうなってます？」

ダーナは訊いた。

「ボランがやられた」肩をすくめ、ノフロロは言った。

「シークもだめだ。あとふたりのハンターは行方がわからない。イオノクラフトで飛びだし、それっきりになっている」

「ハンナは？」

「無事だ」ななめうしろに向かい、ノフロロはあごをしゃくった。

「おまえたちのおかげで、わたしとハンナは無傷ですんだ。感謝している」

「…………」

ダーナは唇を噛んだ。たしかに、仕事はした。だが、それは最低限のレベルだった。

この状態では、とても胸を張れない。クラッシャー仲間に知られたら、笑いものにされる。

「トト」おもてをあげ、ダーナはアンドロイドを呼んだ。

「手を貸して。自分の目で現況を確認してくる」

「無理しなくてもいいぞ」ノフロロが言った。

「いまはハンナも眠っている。夜が明けてから動いても、わたしはクレームをつけない」

「それでは、あたしの気がすみません」

「ふむ」ノフロロは小さく鼻を鳴らした。

「では、好きにしたまえ。妹は、わたしが見ててやる」

「護衛が要ります」トトが言った。

「ボスをひとりにして離れることはできません。わたしはボスのもとに残ります」

「かまうな」ノフロロは首を横に振った。

「ダーナを助けてやれ。その怪我では、ひとりで歩けない」

「しかし」

「わたしが許可する。襲われたら、ちゃんと逃げる。何かあっても、契約違反ではない。おまえはアンドロイドだろう。いまの言葉を記録しろ。キャンプ地の様子を調べるのも、護衛の仕事だ」

ノフロロは、きっぱりと言いきった。

「わかりました」

トトはうなずいた。雇われている身としては、クライアントの言に従うほかはない。

ダーナがトトに支えられ、ゆっくりと立ちあがった。腰に鈍い痛みがある。鎮痛剤でも抑えきれない痛みだ。眩暈《めまい》もひどい。足もとが揺らぐ。視界がぐるぐるとまわる。

しばし目を閉じ、気分が落ち着くのを待った。

ややあって、痛みに慣れた。眩暈もおさまった。

トトの腕に右手でつかまり、歩きだした。

ダフネの横に仮設の日よけを張り、その下に寝かされていたことをダーナは知った。

ダフネの反対側にまわった。倒れていた苦よもぎの木々は取り除かれ、損傷を免れた半球形のテントが、場所を移して設置されている。ハンナはその中で休んでいるらしい。

ハンドライトで車体を照らし、ダーナはダフネを点検した。

「かなり焼かれてるわね」

予想以上に、ダフネは大きなダメージを受けていた。

「エンジンの始動は不可能です」トトが言った。

「燃えさかる樹液が、車体内部に入りこみました。ガソリンよりも可燃性の高い液体です。高熱にさらされ、配線をやられました。修理するには、〈ナイトクイーン〉に戻って、パーツをとってこないとだめです」

「…………」

ダーナは右手を伸ばし、指先でダフネの車体に触れた。それから、振り返り、背後を見た。

「エスバットは？」

ノフロロの地上装甲車を探す。

「あのスクラップがそうです」

トトが広場の一角を指差した。そこに、黒くすすけた瓦礫《がれき》の山のようなものがある。

「爆弾が仕掛けられ、装甲を破られたのです」トトは言った。

「そこから火が入り、内側から全焼です。いまは車体が融け崩れて、原形を留めていません」

「おねえちゃん」

声がした。エスバットの右手からだ。見ると、そこにルーが立っている。

「もういいの？　痛くない？」

ダーナのもとへ駆け寄ってきた。

「なんとかなってるわ」

ダーナは笑顔をつくった。

「ベスはどうしてる？」

「まだ意識が戻りません」

トトが答えた。

「ノフロロがついてるわ」

ダーナが言った。

「ボスが？」

ルーの目が丸くなった。護衛対象者が、護衛の世話を焼くなど、前代未聞である。

「爆弾が炸裂しているときに悲鳴をあげたのは、あんたでしょ」ダーナは話題を変えた。

「何があったの？」

「アバドンよ」ルーの表情が、固くなった。

「アバドンがあらわれた」

「………………」

「写真そのままの姿だった。七つの角に、七つの目。前肢の一撃でシークの首を吹き飛ばした」

「あんたには何もしなかったのね」

「うん」ルーは小さくあごを引いた。

「きびすを返して、森に帰っていった。あたしには目もくれなかった」

「おーい」ノフロロの声が響いた。

「ベスが目を覚ましたぞ」

屈託《くったく》のない男である。この状況で大声を張りあげる。何も気にしていない。

「森は静かよ。通信はまだできないけど、襲撃は、たぶんない。一応、センサーも張り直してきた」

ルーが言った。

「だったら、これからどうするかを、決めたほうがいいかもね」

ダーナが言い、三人は、ノフロロの前に戻った。

「おーねえちゃん。ちーねえちゃん。トト」

ベスが、三人を見て手を振った。上体を起こし、背中をヤヌスにもたせかけている。

ノフロロが手伝ったらしい。

「どうだった？」

ノフロロが、ダーナに訊いた。

「最悪です」低い声で、ダーナは言った。

「地上装甲車は二台とも使えません。ハンターはひとりが死んで、ふたりは行方不明です。あたしは、ハンティングを中止し、船に帰還することを提案します」

「却下だ」ノフロロは即座に答えた。

「それではカルロスに負ける。そんなことは、わたしの矜恃が許さない」

「誇りよりも命です」

「命よりも名誉だ」ノフロロはかぶりを振った。

「イオノクラフトが二機、残っている。クラッシャーにはハンドジェットがある。武器も失っていない。狩りの続行は可能だ。何をどうするかは、わたしが決める。おまえたちは、そのわたしを護衛する。それが仕事だ。そういう契約だ」

「それは、たしかにそうですが……」

「夜明けと同時に、アバドンの捜索に入る」ノフロロは言を継いだ。

「ルーの話によると、シークを殺したのはアバドンだという。獲物はすぐ近くにいるのだ。ここで諦《あきら》めることはできない。勝利が眼前にあるのに撤退するなど、臆病者のすること。わたしは絶対に退かない」

「…………」

「きょうはもう休む」ノフロロはクラッシャーに背を向けた。

「朝までに、護衛プランを組んでおいてくれ。おまえたちが完璧な仕事をするのなら、わたしはハンティングに専念できる。ハンターがいなくても、必ずアバドンを仕留められる」

闇の中に、ノフロロの姿が消えた。

残された三人のクラッシャーは、茫然としている。アンドロイドひとりが、無表情に立つ。

「あいつ、なんだってのよ！」ベスが切れた。

「こんなのむちゃくちゃだわ。おーねえちゃん」

ダーナの顔を見上げた。

「契約解除しよう。こんなんじゃ、仕事はできない」

「無理ね」ダーナはぴしりと言った。

「正当な解除理由にあたらない。ハンティングの続行は、ノフロロの権利として優先的に確保されている。クラッシャー側から一方的に契約破棄ができるのは、クライアントに明確な契約違反、もしくは犯罪行為があったときだけ。それなしで、こちらから契約を解除したら、莫大な違約金を請求される。クラッシャー評議会により懲罰《ちょうばつ》も課せられる。そして、なによりも、おとうさまの名前に傷がつく」

「………………」

「どうなろうと、これはやるしかないわ」

「プランはあたしがつくるよ」ルーが言った。

「おねえちゃんとベスは眠ったほうがいい」

「それもだめ」ダーナはルーを見た。

「みんなでつくるの」

穏やかな声で言った。

「これは、あたしたちの仕事だから」

6

タロスがふうと息を吐いた。

ようやく、後始末が終わろうとしている。麻酔薬で眠らせたサルの群れを森に還してきた。キャンプ地にあいた穴も、平らに埋めた。二輌の地上装甲車を広場の端に距離を置いて配し、あいだに二張《ふたは》りの半球形テントを張った。セオリーどおりなので、ノフロが設置したキャンプ地のそれと、見た目はほとんど差がない。

「ハンターたち、イオノクラフトまで持ちこんでいるぜ」

リッキーがきた。先ほどまで、カルロスのテント張りを手伝っていた。

「ジョウは、何している？」

タロスが訊いた。

「カルロスの呼集がかかった」リッキーは答えた。

「作戦会議をやるんだってさ。兄貴、アバドンを目撃したらしいから、カルロスは興味津々《しんしん》だ。テントの前に場所を用意して、ハンターたちも集めている」

「本気で、狩りをつづける気でいるんだな」

タロスは渋い顔をした。

「通信のほうはどうなんだい？」

今度はリッキーが訊いた。

「だめだ」タロスは首を横に振った。

「まったく通じない。明らかに人為的な通信管制がおこなわれている。こいつはふつうじゃねえぞ。よほどの組織がからんでいないと、こんなことはできない」

「じゃあ、やっぱり裏で何か起きているとか」

「その可能性、まじに高いぞ」

「俺は賛成できない！」

声が響いた。ジョウの声だ。口調が強い。少し憤《いきどお》っている。

「やってるな」

にやりと笑い、タロスは広場の中央に目をやった。

カルロスの言う〝作戦会議〟がはじまっている。

まず、現状をジョウが報告した。

被害はほとんどない。犠牲者も皆無だ。しかし、通信機が使えない。交信不能に陥っている。これは、尋常なことではない。誰かが妨害工作をおこなっている。そうとしか思えない。正体は不明だが、何ものかがこのパーティを狙っている。

「だから、なんだ」

カルロスは、ジョウの報告を聞き、鼻先で笑った。

「ハンティングの中止を提案したい」

「却下する」

短い回答を、カルロスは返した。

「続行するというのか？」

「そうだ」

「俺は賛成できない！」

ジョウの声が高くなった。

「おまえの賛成など、無用だ」折り畳み椅子の背もたれに上体を預け、カルロスは低い声で言った。

「すべてはわしが決める。おまえたちは、ただそれに従う。かわしたのは、そういう契約だ。──それよりも」

カルロスは身をわずかに前へと乗りだした。

「アバドンを見たというのは、本当か？」

「…………」

ジョウはちらりとレッド・Tに目をやった。この場に集まっているのは、タロス、リッキー、アルフィンの三人を除くパーティの全員だ。ジョウの正面にカルロス、右手にレッド・T、ジャン、キュウのハンター、左手には、ドクター・ナイルと執事のワイスコフがいる。カルロスひとりが椅子にすわり、あとの者は地面に敷かれたシートの上に腰を置く。ワイスコフはカルロスの世話で、あれこれと忙しい。飲物を運んだり、葉巻を渡したりしている。

レッド・Tが小さく肩をすくめた。ジョウは、アバドンを見たことをカルロスには話していなかった。だが、どうやらレッド・Tが律儀《りちぎ》に伝えてしまったらしい。

「見た」ジョウは、ぼそりと言った。

「少し距離があったので判然とはしないが、たしかにたくさんの角をはやしていた。恐竜に似た外観の大型獣だ。体色はくすんだ灰色だったかな。二足歩行をしていた」

「おおむね、そんな感じです」レッド・Tが言葉をはさんだ。

「体高は三メートル近かったように思います。長い尾が見えましたから、それも合わせると、倍以上のサイズになるはずです」

「サルやモグラに似た生物が騒いだのは、アバドンがいたせいかもしれない」ドクター

・ナイルが言った。
「アバドンの接近を察知し、恐怖にかられてパニックを起こした。そう考えれば、あの事態も納得できる」

「アバドンはあの生物を捕食しているっていうことか」

ジャンが言った。

「断定はできない」ナイルは、標本として保存したサル型とモグラ型の生物を手にしていた。

「もう少し、この森の生物のサンプルを集めたい。そのあたりがはっきりすれば、やみくもにアバドンを探す必要がなくなる。もしかしたら、罠《わな》を仕掛けることも可能になるはずだ」

「いいだろう」カルロスがうなずいた。

「ドクターはその方面を担当し、捕獲準備をおこなう。わしとハンターは当初の計画どおり、キャンプ地を中心に、森の中をイオノクラフトで動きまわって、アバドンを追う」

「失礼しまーす」

緊迫した空気の中に、のんきな声が割って入った。

リッキーである。

「なんだ？」

自分の言葉をさえぎられ、カルロスはむっとした表情で、背後からあらわれたクラッシャーを睨みつけた。

「えと、あの」恐縮した様子を見せながら、リッキーは言った。

「ノフロロ隊のハンターがふたり、イオノクラフトに乗って、ここにきています」

「なんだと？」

カルロスの腰が浮いた。口もとがかすかにこわばる。

「緊急の要請だとか言ってました。服なんか泥だらけで、すごく昂《たかぶ》っています」

「すぐにここへ連れてこい」カルロスは怒鳴った。

「急げ。ぐずぐずするな！」

「はいっ」

リッキーはきびすを返した。あたふたと走り、闇《やみ》の奥に消えた。

数十秒後。

リッキーとアルフィンが、ふたりのハンターを間にはさむ形で、広場の真ん中に戻ってきた。カマタとダンプだ。たしかにノフロロが雇ったハンターである。

ふたりのハンターが、ノフロロの前に立った。ジョウやレッド・Tたちも立ちあがり、ふたりのハンターを囲む。アルフィンとリッキーはそのままUターンし、タロスとともにに歩哨《ほしょう》をつづけるため、森の中へと引き返した。

「どういうことだ？」

カマタに向かい、カルロスが訊いた。

「テロリストです」頬をひきつらせ、カマタが言った。

「キャンプ地が襲われました。通信を妨害し、一気に包囲して攻撃を仕掛けてきました」

「テロリスト！」

カルロスの顔色が変わった。まさか、そういう連中がここまでくるとは思っていなかった。

「いま、クラッシャーが必死で戦っています」ダンプが話をつづけた。

「しかし、多勢に無勢、状況は悪化しており、不利は明らかです。そこで、われわれが包囲網を脱し、ここまでイオノクラフトで飛んできました。ボスはゲームを放棄する。カルロスの勝ちを認める。だから、救援にきてほしいと言われています」

「ノフロロが白旗を……」

カルロスは言葉を失った。そこまで追いつめられているノフロロなど、かつて見たことがない。

「仕方がないな」ややあって、呻《うめ》くようにカルロスは言を継いだ。

「こんな形で決着がつくのは本意ではない。だが、あいつを見捨てるわけにはいかん」

言いながら、わずかにカルロスの口もとが歪《ゆが》む。いきさつはべつとして、自分が勝利を得るのは、けっして不快なことではない。

「助けていただけますか？」

カマタの表情が明るくなった。

「急ぎ、キャンプを撤収する」ジョウに視線を移し、カルロスは言った。

「準備ができ次第、カマタの先導で、ノフロロ救援に向かう」

いっせいにクラッシャーとハンターが動きだした。

ジョウは、カルロスのもとに駆け寄った。

「テロリストが相手となると、隊の編成を変えたほうがいいと思う」

「編成だと？」

「あんたの護衛を完璧につとめたい。ハンター三人をイオノクラフトに乗せ、かわりにタロスをヤヌスの操縦士にしてほしい」

「ハンターをイオノクラフトに？」

カルロスは首をわずかに傾けた。

しばし、思考をめぐらす。

「悪くないアイデアだ」小さくあごを引いた。

「認めよう。ノフロロが包囲されているのなら、こちらも部隊をあらかじめ分散させておくほうが対処しやすい。その編成で、出発までに対テロリスト戦の段取りをハンターたちと決めておけ。戦闘指揮はクラッシャーにまかせる」

「了解した」

にわかにあわただしくなった。

ジョウは、タロス、リッキー、アルフィンを森から呼び戻した。

撤収作業をしながら、策を練った。

三十分後。

轟音を響かせ、二輛の地上装甲車が、再び森の中へと入った。五機のイオノクラフトが、そのあとにつづいた。

7

ガレオンの操縦は、ジョウが受け持っていた。メインスクリーンの一角に、ヤヌスが映っている。互いの連絡は、光の明滅によるモールス信号でおこなうことになっている。イオノクラフトの姿はない。ハンターたちは森の上を飛んでいる。何かあったら、信号弾で呼びだし、降下させることにした。まどろこしいやり方だが、通信不能となれば、これ以外に方法はない。

「テロリストって、あのテロリストたちかなあ？」

車長席にすわるリッキーが自問するように言った。

「あのテロリストじゃなかったら、どのテロリストだっていうのよ」

射撃手のシートに着くアルフィンが、リッキーの言葉に応じた。

「いや、テロリストは、ほかにもいろいろといるだろ」

「正体を詮索《せんさく》しても、大きな意味はない」ジョウが言った。

「それよりも、問題はテロリストがどうやってこの星にきたのかだ」

「そういえば……」リッキーがあごに指をあてた。

「ワームウッドって、衛星軌道に監視システムが置かれていたんだよね。たしか〈タンガロア〉と〈ポセイドン〉にくっついて俺《おい》らたちが地上に降下したのは、それがあるからだったんじゃないかな」

「だったんじゃないかな、じゃないでしょ」アルフィンが言った。

「あれって、すっごく強力なシステムで、何かあったら、すぐにこの星域近辺に派遣されている管理会社の船や銀河連合の艦隊に通報が行くはずよ。カルロスがそう言って自慢をしていたわ」

「にもかかわらず、数十人という規模のテロリストが、ワームウッドに侵入し、ノフロロ隊を襲ったという」

「それって、たしかに大問題だわ」

ジョウの言に、アルフィンは大きくうなずいた。

「そして、この通信管制だ」ジョウがつづけた。

「もしも、本当にテロリストによる攻撃だとしたら、そいつらは、俺たちの動向を完全に知りつくしているということになる。三大大陸に広がる無数の森のどこに俺たちがいて、何をしていたのかをどこかで見つめていた。そうとしか思えない」

「なんか、ぶるっちゃう」

アルフィンが背すじを震わせた。

「この戦い、半端じゃないぞ」ジョウは、アルフィンとリッキーを交互に見た。

「先手を向こうにとられた。おまけにこっちは手の内を見すかされ、こっちは向こうのことをまるで知らない」

「最悪だね」

「引き締めて、行こう。現地に近づいたら、イオノクラフトに上空から情報を集めてもらい、敵の隙を衝く。勝敗の要《かなめ》は情報の有無だ」

「まかしといて」

リッキーとアルフィンが言った。声がそろった。

しかし。

そのときすでに、ジョウが要と表現した情報の基点であるハンターたちのイオノクラフトには、異変が生じていた。

そのことを、ジョウもカルロスも知らない。

出発して一時間ほどたったころだった。

高度五十メートルを維持して飛行していたイオノクラフトの編隊から二機が離れ、高度を下げた。

森の梢ぎりぎりの高さをしばらく飛ぶ。

ややあって、一機が光信号を放った。

淡い光信号だ。暗視装置をつけていても、自動調光で十分に対応できる。

「地上に何かがいる。大型の生物だ。アバドンかもしれない」

レッド・Tがその内容を読んだ。

思いがけない報告だった。どうすればいいのか、よくわからない。カルロスに指示を仰ごうにも、かれは地上で、しかも、数百メートルほど位置が離れている。

数秒、レッド・Tは迷った。

結局、ハンターとしての本能が、その迷いに決着を与えた。

獲物を前にして、それを見すごすことはできない。

ジャンとキュウに信号を送った。

三機のイオノクラフトが、カマタとダンプの二機を追って、ゆっくりと降下した。

しばらく、森の上を飛んだ。とつぜん、森が途切れた。苦よもぎの木の密度が低くなる。

先行するカマタとダンプのイオノクラフトが停止した。高度五メートルで、ホバリング状態に入った。

「どうした？」

カマタのイオノクラフトの横に、レッド・Tのそれが並んだ。カマタに向かい、問いを放った。

「あれを見ろ」

カマタは答えた。地上を指差し、レッド・Tに視線を向けた。

暗視装置を装着したレッド・Tの目が、地上を凝視する。

黒い塊があった。ちょっとした小山のような輪郭だ。さしわたしは四、五メートル。幅は二メートルくらいだろうか。

「あれは……」

レッド・Tの表情が変わった。頬がかすかに痙攣《けいれん》した。

動物だ。眠っているのか、死んでいるのか、それはわからない。だが、それは間違いなく大型動物の肉体である。硬質の皮膚に全身が覆われた巨獣だ。

「まさか、アバドン」

レッド・Tは振り返り、カマタに視線を戻した。

「ここからでは、確認できない。生死も不明だ」カマタは言った。

「俺としては、降りてたしかめたい」

「本気か？」

「当然だ」カマタはうなずいた。

「俺たちはハンターだぞ。クラッシャーじゃない。戦争は苦手だ。ノフロロの救出はクラッシャーにまかせ、俺たちはハンターとしての仕事をする。それが筋じゃないか」

「しかし」

レッド・Tはためらった。カマタの言にも一理ある。が、それをやると、カルロスの命《めい》に背《そむ》くことになる。雇われハンターとしては、そこに抵抗が生じる。

「大丈夫だ」カマタが言葉をつづけた。

「アバドンかもしれない生物を見つけたんだぞ。捕獲したら、カルロスもこの寄り道を命令違反とはみなさない。それどころか、功績ありとしてボーナスを弾んでくれる。俺は、そう睨んでいる。逆に、この機を逃したことを知ったら、カルロスはどう反応すると思う？　そのことを考えろ」

言われるまでもなかった。アバドンとおぼしき生物を見つけながら、何もせずに無視したとなれば、間違いなくカルロスは激怒する。いくら言い分が理不尽であっても、このことをかれは許さない。

「わかった」レッド・Tは静かに言った。

「降りよう。降りて、あいつの正体をはっきりさせよう」

「そうこなくっちゃ」

カマタはにやりと笑い、イオノクラフトのペダルを操作した。

五機のイオノクラフトが、地上へと降下する。

ふわりと着陸した。

レッド・Tがイオノクラフトから離れた。地上に立った。ジャンとキュウも、それに倣《なら》った。謎の生物との距離はおそよ二十メートル。

三人は、麻酔銃を手にしていた。銃口を正面に向け、慎重に歩を進める。背後にはカマタとダンプがいる。そう信じて、動く。

あと数メートルというところまで、レッド・Tが近づいた。もう、その姿ははっきりと見てとれる。

頭部を探した。少し右手にまわりこんだ。

あった。巨獣の頭だ。角がある。一、二、三……七本。

目の数は。

判然としないが、少なくとも、二対《つい》以上はある。いまは、そのすべてを閉じている。

アバドンだ。

レッド・Tは確信した。

うしろを振り返り、カマタに声をかけようとする。

その動きが止まった。

いない。

カマタとダンプの姿がない。レッド・Tの背後にいるのは、ジャンとキュウだけだ。

気配を感じた。レッド・Tは頭上を振り仰いだ。

イオノクラフトが浮かんでいる。高度は七、八メートル。そこにカマタとダンプが立ち、銃を構えている。その銃口は、レッド・Tとジャン、キュウを狙っている。

「え?」

一瞬、レッド・Tの意識が真っ白になった。何が起きているのか、理解できていない。

凝然《ぎようぜん》と立ちつくす。

「武器を捨てろ」

声が響いた。三人の左手からだ。そこに苦よもぎの木が一本だけ生えている。その蔭から、男がひとり、姿をあらわした。右手にレイガンを握っている。

ニコラだ。だが、レッド・Tはその名を知らない。はじめて見る顔である。

「ちくしょう！」

キュウが逆上した。何がなんだかわからないまま、怒りだけが先に立った。こんなマネは許せない。

ニコラに躍りかかろうとした。

ニコラの指が、レイガンのトリガーボタンを押した。躊躇《ちゅうちょ》は皆無だった。ためらうことなく、キュウを撃った。

キュウの胸を光条が刺し貫いた。キュウはもんどりうって倒れ、仰向けに転がった。

「…………」

レッド・Tは声もない。顔面をひきつらせ、目を丸く見ひらいている。意識が乱れ、思考が働かない。

背後で、アバドンが動いた。地面に横たえていたからだを起こし、うっそりと立ちあがった。

レッド・Tは首をめぐらした。その目に、アバドンの巨体が映った。

イメージがきた。

レッド・Tの中に。

アバドンのイメージが、怒濤《どとう》のごとく流れこんできた。

8

森の中で光信号が明滅した。

放ったのはガレオンだ。その信号をヤヌスが受けた。二輛の地上装甲車がエンジンを切り、停止した。

カマタの情報で特定したノフロロ隊のキャンプ地まで、あと二キロ。

リッキーにガレオンをまかせ、ジョウはアルフィンと車外にでた。アルフィンはクラッシュパックを背負い、レイガンを手にしている。ジョウはハンドジェットを装着し、ビームライフルを持った。

闇に包まれ、森はしんと静まり返っている。

上空を見上げ、ジョウはイオノクラフトを探した。

いない。

予定では梢ぎりぎりを飛行しているはずだ。ジョウがそのように指示した。機体底面に点滅するライトがあり、地上からは、それで所在が確認できる。

しかし、またたく星々は見えても、規則的に点滅するライトは、どこにもなかった。

どういうことか？

ジョウの表情が曇った。ハンターをヤヌスから降ろし、イオノクラフトで移動させることを提案したのはジョウだ。異常事態が発生したとなれば、ジョウがその責任を負うことになる。

なんらかの決断が必要だった。

ハンドライトで、ジョウはガレオンとヤヌスに言葉を送った。

「予定どおり動く。すぐに展開し、静かにキャンプ地に迫れ」

「イオノクラフトはどうするの？」

アルフィンが訊いた。彼女の背後では、もうガレオンが前進を再開している。

「神のみぞ知るだ」ジョウは言った。

「いまは時間の余裕がない。とにかくキャンプ地の様子を視認するのが先だ」

速足で歩きはじめた。ガレオンもほぼ歩行速度で移動している。二キロを二十分で走破しなければならない。アルフィンが、あわててジョウのあとを追った。

キャンプ地に着いた。

静かだ。

森の中と同じように、耳が痛くなるほどの静謐《せいひつ》に包まれている。

違う場所にきたのかと、ジョウは思った。だが、そこは間違いなくノフロロ隊のキャンプ地だった。

森が切りひらかれている。大きな空地がつくられ、そこにいびつな形の大きな影がふたつ、ひっそりとうずくまっている。

暗視装置を顔に装着し、ジョウはキャンプ地を見た。

うずくまる大きな影の正体は、エスバットとダフネだった。

二輌とも、完全に破壊されている。エスバットは原形を留めていない。ダフネも、ひどく焼け焦げていて、砲塔などが融《と》け崩れている。

カマタとダンプの報告は事実だった。たしかにこのキャンプ地は何ものかによって襲われた。が、いまは戦闘がおこなわれていない。膠着《こうちゃく》状態にあるのか、あるいはもう決着がついてしまったのか。

身をひそめ、キャンプ地に入った。

エスバットの車体を楯に歩を運ぶ。

「動くな！」

声が凛《りん》と響いた。車体の上からだ。

「ちっ」

ジョウは体をめぐらした。同時に、ビームライフルをまっすぐに突きだした。

銃口がジョウの額にあてられる。ジョウのライフルの銃口も相手の顔面を狙っている。

「あっ」

声があがった。ふたりの声が重なった。

ジョウの前にルーがいる。ルーの前には、ジョウがいる。

「アルフィン」

べつの声が耳朶《じだ》を打った。異様にととのった、よく透る声だ。

横目で見ると、アルフィンとトトがキャタピラの脇でお見合いをしている。

「どういうことよ？」

「どういうことだ？」

また、声が重なった。ジョウもルーも予想外の成り行きに、わけがわからなくなっている。

「襲撃はどうなった？」

いったんルーを制し、あらためてジョウが口をひらいた。

「終わったわよ」ライフルをからだの横に戻し、ルーは答えた。

「少し前。見てのとおり、かなりやられたけど、あたしたちとノフロロは無事。ボランとハンターがひとり殺され、あとのハンターふたりは行方不明になっている」

「行方不明？」ジョウの眉が小さく跳《は》ねた。

「そのふたりのハンターが俺たちのところにきた」

「俺たちって、カルロスのとこ？」

「そうだ」

「なんで、ハンターが、そっちに行っちゃうのよ」

「救援を頼みにきた。数十人のテロリストにキャンプが襲われ、危機に陥っている。勝利を譲るからノフロロが助けてほしいと言っている。そういうメッセージを持ってカマタとダンプがあらわれた」

「嘘でしょ！」ルーの声が甲高くなった。

「たしかに襲撃はあったわ。でも、相手は数十人のテロリストじゃない。人間はひとり。それと、アバドンがいた」

「アバドン！」

今度は、ジョウとアルフィンの声がそろった。

「カマタとダンプがそっちに顔を見せたんだって？」

スクラップと化したエスバットの車体上に立つルーの左横に、ダーナがきた。ジョウとルーのやりとりを聞きつけ、駆けつけてきたらしい。負傷しているダーナは、地面に直接マットを敷き、その上で横になっていた。広場の端だ。むろん、ハンドブラスターを胸に抱いて、いざというときに備えている。

「あのふたりをよこしたのは、ノフロロじゃないのか？」

ジョウはダーナに視線を移した。

「カマタとダンプは、戦闘中に行方不明になったの」ダーナは答えた。「イオノクラフトに乗った状態でね。あたしたちは、襲撃でやられたか、あるいはアバドンを追っていったのか、そのどちらかだろうと思ってた」

「不可解な話だ」ジョウはかぶりを振った。

「とにかくこの広場の外縁にヤヌスとガレオンがいる。カルロスが乗車しているのは、ヤヌスだ。いまは俺たちの報告を待っている。まずは、このことをかれに伝えなくてはならない」

「厄介な仕事ね」

「カマタとダンプはどこにいるの？」

ルーが訊いた。

「行方不明だ」

ジョウは肩をすくめた。

「なんですって！」

「ここへくる途中で消えた。こっちのハンターも一緒だ。ハンターは全員、イオノクラフトに乗っていた。ここの様子を、着いたときに急ぎ探ってもらおうと思い、そのように配置した。しかし、俺たちが到着して連絡をとろうとしたら、その姿はどこにもなかった」

「それって、すごくへんよ」

「わかっている」ジョウはエスバットから離れ、右手を頭上にあげた。

「だから、そのことも含めて、すべてを再確認する」

手を振った。拳《こぶし》の中に小型のライトが握られている。

くぐもったエンジン音が響いた。

闇の中から、ヤヌスがあらわれた。木々の間を抜け、広場に入ろうとした。

そのとき。

火球が広がった。

爆発音が大気を震わせた。

ジョウの眼前が真っ赤に染まる。光が丸く広がり、ものの形が一瞬にして失《う》せる。

反射的に伏せていた。爆風が頭上を抜けるのを待ち、ジョウは、左右に目をやった。

アルフィンがいる。トトもいる。反対側には、エスバットから地上に飛び降りてきたルーとダーナもいる。

視界が回復した。ジョウはヤヌスを見た。

ヤヌスが燃えていた。車体後部で炎があがり、動きを止めている。

攻撃された。しかし、誰に？

炎があたりを明るくしていた。だが、敵の姿らしきものは見えない。ヤヌスがどのように攻撃されたのかも判然としない。

「ルー、援護して！」

ダーナが叫んだ。

「オッケイ」

ルーがビームライフルを構えた。ダーナとトトはノフロロのいるテントへと向かう。

「アルフィン、ついてこい！」

ジョウがアルフィンを呼んだ。こちらはこちらで、カルロスの身を守らなくてはいけない。ヤヌスめざしてダッシュした。

ダーナとトトがテントに飛びこんだ。ノフロロとハンナを誘導し、外にだす。ダーナが前、トトがうしろを固める。

どこに行くか？

広場にいては狙い撃ちされる。森に入ったほうが安全だ。

広場を横切り、ダーナ、ノフロロ、ハンナ、トトの四人が、苦よもぎの森に進んだ。

エンジン音が轟く。

闇が割れた。ヘッドライトの白光が、ダーナの双眸《そうぼう》を直撃した。目がくらみ、思わずダーナは肘《ひじ》で顔を覆った。

バギーがうなりをあげて、突っこんできた。乗っているのはニコラだ。右手にレイガンを握っている。

悲鳴が夜気を切り裂いた。

ハンナの悲鳴だった。

第四章　闇の攻防

1

　ハンナがパニック状態に陥った。

　無理もない。一晩に二度の襲撃だ。しかも、今回はぐっすりと眠っていたのを起こされた直後である。さらには、ダーナとトトが、まずボスであるノフロロの安全を確保しようとしたことが、仇《あだ》になった。ハンナは、ただひとりでニコラのバギーの前に立った。ヘッドライトが迫る。レイガンを構えたニコラが、自分に向かって、まっすぐ突き進んでくる。

　動顛《どうてん》し、我を忘れたハンナは、すさまじい叫び声をあげて、その場から逃げだした。

　ダーナは反応できない。目の前に、ニコラがいる。左手後方に、錯乱状態のハンナがいる。

本来なら、ダーナは反撃すべきだった。ノフロロはトトが身を挺《てい》して守っている。この状態なら、ダーナはフリーだ。ハンドブラスターを撃ちまくり、ニコラを追い払う。あるいはバギーを破壊する。そういったことが可能になっている。だが、ダーナはハンドブラスターを撃てなかった。ハンナの悲鳴が、彼女の動きを縛った。

バギーがきた。ハンナには目もくれない。標的は、あくまでもノフロロだ。

「くっ」

一瞬の躊躇《ちゅうちょ》を悔やみ、ダーナはノフロロの腕を把《と》った。

「こっちへ！」

逃げるしかない。木々の間に入れば、バギーの機動性は大きくそこなわれる。

ひいひいとあえぐノフロロをうながし、ダーナは走った。


ジョウとアルフィンは、広場を横切るところで、あらたな攻撃を浴びた。

頭上からビームが降ってくる。

敵は空中にいる。

ジョウとアルフィンは、暗視装置を装着していた。視界は十分だ。夜空を背景に、丸く浮かぶ影が見える。

イオノクラフト。

まさか？

と、ジョウは思った。

森の上に、二機のイオノクラフトがいる。

間違いない。あれは行方を断っていたハンターたちだ。

ハンターが敵にまわった。

なぜだ？　どういうことだ？

ビームが疾《はし》る。ジョウもアルフィンも、身動きがとれない。

「カルロスを頼む」

アルフィンに向かい、ジョウが言った。言うなり、背中のハンドジェットに点火した。

ジョウが宙に飛ぶ。ふわりと舞いあがり、弧《こ》を描く。

一気に高度をあげた。スピード、機動性、どれをとっても、ハンドジェットはイオノクラフトに優っている。劣るのは航続距離くらいだ。

森の上にでた。二機のイオノクラフトが、ジョウを囲んだ。ジョウはその顔ぶれを確認した。

カマタとジャンだ。レッド・Tとキュウ、ダンプの姿がない。

「何をする！」ジョウが怒鳴った。

「俺たちを裏切ったのか？」

「……………」

返答はなかった。かわりに、カマタとジャンはレーザーガンのトリガーボタンを絞った。

ジョウはひらりと反転した。と同時に、ビームライフルを連射した。

激しい撃ち合いになった。


ビームシャワーが止まった。

アルフィンは前進を再開した。頭上でジョウが死闘を演じている。どうやら二対一らしい。しかし、アルフィンの顔に不安の色はない。ジョウに対しては絶対の信頼がある。アルフィンは、自分の仕事に専念すればいい。

ヤヌスに近づいた。燃えさかる火は、まだ消えていない。

乾いた音が聞こえた。車体の反対側にまわると、非常ハッチがひらき、そこから人影がでてきた。

最初にカルロス。つぎにワイスコフ。最後にドクター・ナイルをかかえたタロスがあらわれた。

「タロス！」

アルフィンが声をかける。

「カルロスをカバーしろ」タロスが言った。

「ナイルが負傷した。カルロスとワイスコフは無傷だ」

「あたしのうしろについてください」

アルフィンはカルロスの前に駆け寄った。

「何がどうなってるんだ！」

カルロスは機嫌が悪い。激怒している。

「罠《わな》にかけられたみたいです」アルフィンは言った。

「何十人というテロリストなんて、どこにもいません。ハンターたちが裏切ったんです」

「なんだと？」

カルロスの顔色が変わった。

「あぶない！」

とつぜん、ワイスコフが叫んだ。

カルロスとアルフィンの前に、両手を広げて、立ちはだかった。

ビームがほとばしる。

上空からだ。イオノクラフトがきた。急降下し、地上をかすめてレーザーガンを乱射した。

乗っているのは、レッド・Tだ。短く刈りこんだ赤毛が、ヤヌスの炎を受けて、さらに赤い。

ビームがワイスコフの腕と腹を灼いた。

だが、ワイスコフは微動だにしない。すっくと立ち、レッド・Tを睨《にら》みつけている。

「…………」

アルフィンは声もない。茫然としている。一瞬、ワイスコフがクラッシュジャケットのような服を着ているのかと思ったが、明らかにそうではない。うしろから見ても、ビームが貫通したワイスコフの左腕が黒く炭化しているのがわかる。

「カルロス様は……」かすれた声で、ワイスコフは言った。

「撃たせない」

肩が跳ねあがった。比喩《ひゆ》ではない。本当にカバーがひらくように跳ねあがった。

「サイボーグ！」

アルフィンの目が丸くなった。タロスと同じだ。全身の八割が機械化されているタロスは、その左腕に機銃を仕込んでいる。では、この執事は。

閃光が燦《きらめ》いた。

ミサイルが飛ぶ。超小型のペンシルミサイルだ。

肩にミサイルランチャーを埋めこんでいた。

ミサイルが炸裂《さくれつ》した。だが、イオノクラフトに命中はしなかった。地上に落ち、爆風がホバリングする機体をあおった。レッド・Tはイオノクラフトを旋回させた。

いったん退く。接近できない。

イオノクラフトが去った。

ワイスコフが、がくりと片膝をついた。

「あ、あの」

アルフィンが声をかけようとした。

そこへ。

あらたな敵がきた。

完全に虚を衝《つ》かれた。けたたましいエンジン音とともに、それはヤヌスを飛び越えてきた。

ニコラのバギーだ。

ニコラはバズーカ砲を構えている。その砲口がカルロスを狙っている。

「うるせえ！」

タロスが吼《ほ》えた。ドクター・ナイルを左腕でかかえ、タロスは右手でレイガンを撃った。

バギーがレイガンの光条をかわす。ニコラはバズーカ砲のトリガーにかけた指に力をこめた。

「失《う》せろ!」

またワイスコフが叫んだ。叫びながら、上体をひねった。

ミサイルが射出される。四基のペンシルミサイルがバギーに向かって突進する。

爆発した。

今度は外れない。みごとに命中した。ミサイルがバギーのエンジンと座席をえぐった。

火球が生じた。ワイスコフの鼻先だ。距離は一メートルとはない。そこまで、バギーはカルロスに迫っていた。

アルフィンが、カルロスの上にからだをかぶせた。炎と破片と爆風が、彼女の背中を打つ。

バギーの車体がもんどりうった。その時点で、すでにニコラの姿が車上にない。ミサイルに吹き飛ばされた。

炎が広がった。アルフィンのすぐ近くだ。ワイスコフの真上。そこにバギーが落下した。

相討ちである。

ワイスコフとニコラが刺し違えた。まさしく身命を賭して、忠実な執事は主人の生命を守った。

「大丈夫か？」

タロスが、アルフィンのもとにきた。アルフィンは動けない。打撲《だぼく》など、かなりのダメージを受けた。

「カルロスは？」

呻《うめ》きながら、アルフィンが訊いた。

「生きてるぞ」

カルロスが答えた。

「ここは危険だ」タロスが言った。

「むりやり立て。とにかく森の中に飛びこむ」

「りょー……かい」

アルフィンはむりやり立った。金髪がばらばらに乱れ、頬は泥だらけだ。

「行きましょう」

消え入りそうな声で、アルフィンはカルロスをうながした。

「ああ」

カルロスはうなずく以外にない。

ワイスコフを圧《お》しつぶして炎上するバギーの残骸《ざんがい》を一瞥《いちべつ》し、それから、カルロスはきびすを返した。いましがたまで、そこにワイスコフがいた。その姿は、もうどこにもない。

ドクター・ナイルをかかえたタロスと、互いに肩を支え合うカルロスとアルフィンが、よろめくように苦よもぎの森の中へと入った。

2

ジョウは、カマタとジャンを空中で追いまわしていた。

不思議なことに、カマタとジャンは正面切ってジョウと撃ち合おうとしない。のらりくらりと逃げまわって、ジョウを翻弄《ほんろう》しようとする。

そういうことか。

向こうの狙いをジョウは察した。

カマタとジャンは一種のおとりだ。ジョウをここに張りつけておく。そのあいだに、他の者がカルロスとノフロロを殺す。

断ち切らなければならない。どこかで、この邪悪な目論見《もくろみ》を。

打つ手はある。倒さなくていいのなら。

ジョウは、ポケットから光子弾を取りだした。イオノクラフトの動きを見る。二機が左右に分かれて並んでいる。ジョウは旋回し、カマタを追った。ジャンをわざと無視した。無視されたジャンは、ジョウの背後へとまわる。

撃ってきた。光条が疾《はし》る。ジョウは二機を自分のもとへと引きつけた。カマタとジャンが自分を凝視している。暗視装置で、ジョウの行動をしっかりと見つめている。

高度七十メートル。ジョウは一瞬、ハンドジェットの噴射を切った。

降下する。ジョウの高度が急速に落ちる。

その直後に光子弾を投げた。

光が爆発する。

音も振動もない。ただ白い強烈な光だけが、あっという間に空間を埋めつくす。

光に背を向け、ジョウは落下した。

地上が昼間のように明るい。そこにジョウの影がある。影の位置で、ジョウは高度を読んだ。

光が薄れる。コンマ数秒の出来事だ。ジョウはハンドジェットを再噴射させた。体をひねり、落下から上昇に転じた。

地上すれすれをかすめ、ジョウが宙を舞う。

上空では、カマタとジャンが悶絶していた。

自動調光とはいえ、暗視装置の調整幅には限界がある。ふたりの視野に光があふれた。目がくらむ。暗視装置が視界をシャットダウンする。

二重の意味で視力を失い、カマタとジャンは混乱をきたした。もはやジョウと戦うどころではない。墜落しないよう、イオノクラフトの安定を保つのが精いっぱいだ。

ジョウはノフロロのキャンプ地となっていた広場をめざしていた。

いつの間にか、一キロ以上も広場から離れている。カマタとジャンにしてやられた。かれの仕事はカルロスの護衛である。ハンターの裏切りという異常事態に心を乱され、おのれの任務を忘れかけていた。

広場に戻った。

カルロスの姿を探す。

いない。

タイミングが悪かった。ジョウが戻ってきたのは、ヤヌスから脱出したカルロスが、タロス、アルフィンとともに森の中に入った、その瞬間だった。

ジョウの目に映ったのは。

女性の人影と、それを襲おうとする一機のイオノクラフトだった。それがかれの視界にいきなり飛びこんできた。

襲われているのは、ルーだった。

ルーはダーナに援護を指示されてから、ずうっとエスバットの蔭にいた。相手はダンプの乗るイオノクラフトだった。ダーナとトトがテントへと向かったすぐあとにあらわれ、ルーをこの場所に釘づけにした。

ルーは必死で応戦した。だが、エスバットの蔭とはいえ、頭上から降りそそぐレーザーガンのビームに対抗するのは、限界がある。あらゆる角度から狙われ、ついに広場の中央部へと追いだされた。

イオノクラフトが高度を下げる。ダンプは、ルーを仕留めにかかった。ルーは身を隠せない。防弾耐熱のクラッシュジャケットといえども、ビームの直撃を受けては、ひとたまりもない。

ジョウはためらわなかった。

カルロスはたしかに最優先の護衛対象だが、目の前で危機に陥っているクラッシャーを見捨てることは、とうていできない。

ダンプに照準を定め、ビームライフルを撃った。

光条が、ダンプの腕をかすめた。

予期せぬ敵の出現にダンプはうろたえた。カマタとジャンが抑えていたはずのジョウが、気がつくと、自分の背後にまわりこんでいる。

あわててダンプは、その場から離脱した。さらに高度を下げ、地表ぎりぎりを滑るように逃げる。レーザーガンを乱射し、弾幕を張る。

ジョウは、あえてダンプを追わなかった。それよりも、ルーをなんとかしなくてはいけない。

ルーがジョウの姿を見つけた。ジョウはルーのもとへと急行する。

空に向かって、ルーが両の手を突きあげた。大きくひらき、ジョウを迎える。

高度一メートルまで降下し、ジョウは水平飛行に移った。行手に、ルーがいる。

ルーとジョウが交差した。ジョウはルーの腰を左腕でかかえた。ルーはジョウの首すじに両腕をまわした。

高度をあげる。夜空の高みへと、ジョウとルーが上昇する。

ダーナかベスを見つけたい。ジョウはそう思っていた。見つけて、ルーを渡す。それから、またカルロスを探す。ルーをこのままひとりきりにしておくわけにはいかない。

反転した。みんなは森の中にいる。それは間違いない。

ジョウの目の端を、何かがよぎった。

左手後方だ。

イオノクラフト。

ダンプだ。いったんはひるんだものの、ダンプはジョウの行動を見て、逆襲することに決めた。人ひとりをかかえたジョウは、動きが鈍い。交戦も容易ではない。

ダンプがレーザーガンを発射した。糸よりも細いビームが、ジョウのあとを追った。

ビームがジョウの背中を擦過《さっか》する。

甲高い破裂音が響いた。

ハンドジェットだ。ノズルを光線に裂かれた。

炎があらぬ角度で噴出した。

制御不能のエネルギー噴射だ。

すさまじい加速感を、ジョウは感じた。ななめ横にGがかかる。

暴走だ。

急ぎ噴射を絞ろうとしたが、ハンドジェットは手動操作をまったく受けつけない。

時速百数十キロの速度で、ジョウが疾駆する。ジョウは何もできない。ルーを落とさないよう腕に力をこめる。ルーも必死でジョウにしがみつく。

森の中で、アルフィンがふと頭上を見上げた。

梢《こずえ》と梢の間に、夜空がある。

その夜空をオレンジ色の尾を引いて、人の影が横切った。

「ジョウ!」

アルフィンは声をあげた。アルフィンは、はっきりと見た。ルーをひしと抱きしめ、すさまじい速度でどこかに飛んでいくジョウの姿を。

なんなの、これは?

ジョウ、どうしたの？

さまざまな疑問がアルフィンの心の裡《うち》で渦《うず》を巻く。

鼓動が高鳴った。ルーの窮地をジョウが救った。そして、どこかに避難しようとしている。理性は、そう判断した。しかし、感情が昂《たかぶ》り、それ以外の想像がつぎつぎと湧きあがってくる。アルフィンには、それを圧《お》し殺すことができない。

「止まれ」

とつぜん、カルロスが口をひらいた。

先行するタロスが、何ごとかという表情で、うしろを振り返った。森の中に入って、まだ三百メートルほどだ。安全なところまできたとは言いがたい。

「ここで休む」カルロスは言った。

「これ以上は歩けない」

言うなり、カルロスはアルフィンから離れ、地面に腰をおろした。背中を苦よもぎの木にもたせかける。ひどく消耗《しょうもう》したらしい。肩で息をしている。

「わかりやした」

ボスの命令である。タロスは素直に従った。

ドクター・ナイルを木の根もとに仰臥《ぎょうが》させた。ドクター・ナイルは、もう意識がない。全身に力がなく、ぐったりとしている。

ている。

「タロス」

アルフィンが言った。アルフィンはすわりこもうとしない。二本の足ですっくと立っている。

「なんだ？」

タロスは視線をアルフィンに向けた。

「あたし、ほかの人たちを探してくる」振り絞るような声で、アルフィンは言った。

「ここで、じっとなんかしていられない。悪いけど、カルロスをお願い」

「おい、ちょっと……」

タロスが制するひまもなかった。言うだけ言うと、アルフィンはもうきびすを返していた。

森の中を、アルフィンは走った。からだのあちこちが痛い。ときおり、膝が崩れそうになる。しかし、アルフィンは歯を食いしばり、足を運んだ。ジョウが飛んでいった方角をめざして。

黒い影がきた。

アルフィンの真横から、それはふいにあらわれた。

向こうも全力で走っていた。

よけられない。

ぶつかった。

「きゃっ」

「いてっ」

絡《から》み合い、三つの影がばったりと倒れた。

「つつつつつ」

影のひとつが起きあがった。

「なんなのよお」

アルフィンも、上体を起こした。

互いに顔を見た。

「あっ」

同時に叫んだ。

「アルフィン！」

「ベス！」

ベスはひとりではなかった。その背後に、ハンナがいた。仰向けに倒れ、意識を失っていた。

3

ベスは森の奥にいた。重傷を負ったベスだが、応急処置で、とにかく動きまわれるようになった。痛みを薬で消し、骨と筋肉のダメージを補助装置で補っている。

どうしても歩哨《ほしょう》の任をこなしたい。

そう主張して、ダーナとかわった。ダーナが休み、ベスは朝までルーとともにキャンプ地のまわりを巡回する。

ルーがキャンプ地に留まり、ベスが森を見まわることになった。これも順番だ。ルーは交替しなくてもいいと言ったが、ベスは聞かなかった。まだ十四歳だが、気は姉妹でいちばん強い。

暗視装置をつけ、ベスはキャンプ地を囲む森の奥をぐるりとひとまわりした。

とくに異常はない。動物や鳥とおぼしき啼《な》き声は耳にするが、それはけっこう遠い。

とりあえず、キャンプ地周辺は穏やかな空気に包まれている。

と思っていたら。

いきなり騒がしくなった。

爆発音が轟《とどろ》いた。

炎があがった。ビームが、夜空を疾《はし》る。光が乱舞する。

ただごとではない。すさまじい戦闘がはじまった。

あわてて体をめぐらした。小走りに森を駆け、キャンプ地へと戻った。予想以上に距離があった。ついつい歩きすぎてしまったらしい。

キャンプ地の広場に飛びだした。レイガンを構え、襲撃者を探す。

いない。目の届く範囲には、誰もいない。ただエスバットの残骸の向こう側で、炎だけが大きく燃えさかっている。

悲鳴が響いた。絹を裂くような女性の悲鳴だ。

ベスは声のしたほうに向かって進んだ。広場の反対側である。一気に突っきった。

前方から、誰かが走ってくる。

ハンナだ。

形相《ぎょうそう》が変わっている。顔色が青白い。髪を振り乱し、つんのめりそうになりながら、歩を運んでいる。

「ハンナ！」

ベスが名を呼んだ。が、ハンナは反応しない。ベスの存在に気づかず、泣き叫びながら、走りつづける。

「ハンナ」

ベスがハンナの正面に立ちはだかった。両手を広げ、直進してきたハンナのからだを力いっぱい受け止めた。

「いやあっ」

ハンナが暴れる。ハンナとベスでは、身長差で三十センチ、体重も二十キロ以上違っている。それをベスは、しがみつくようにして動きを止めた。

「あたしよ。あたしっ」ハンナに向かい、ベスが叫ぶ。

「敵はいない。どこにもいない。いまいるのは、あたしだけ！」

大声で、ハンナに呼びかける。

しばらくは揉《も》み合いがつづいた。といっても、数秒のことだ。

うつろなハンナの目が、ベスを捉《とら》えた。焦点が合っていない。

「大丈夫」ベスが言う。

「もう大丈夫」

ハンナの膝が崩れた。すうっと力が抜けた。その場にしゃがみこんだ。口が半開きになり、握った拳《こぶし》が、ベスの両腕を強くつかんだ。

「ハンナ……」

ベスが上体を支えた。ハンナはベスの顔をじっと見つめている。

「ベス」

ようやく言葉がでた。いま目の前にいるのが、ベスであることを認識した。怯えるように、首を左右に振る。まわりを見る。

闇の中、誰もいない。

「森に入ろう」ベスは言を継いだ。「森の中なら、身を隠せるわ」

「…………」

「歩ける？」

「…………」

ハンナは無言であごを引いた。それから、ゆっくりと立ちあがろうとした。小さなベスにかかえられるように、ハンナは立った。立ってしまえば、その挙措《きょそ》はベスが思っていたよりも力強い。もともと恐慌《きょうこう》をきたしていただけなのだ。負傷したり、疲弊《ひへい》したりしていたわけではない。

広場の端に移動した。誰か仲間はいないかと、ベスはしきりに視線を周囲に向けている。だが、人の姿らしきものは、まったくない。

森に入った。とりあえず、安全そうな場所に落ち着きたい。ベスは体力的に、ハンナは精神的に限界が近づいている。とくにベスの場合、いかに薬や補助装置でダメージを抑えていても、肉体そのものがついていかなくなっている。足が重い。目がくらむ。

音がした。

甲高い金属音だった。頭上からだ。ジェットの噴射音に似ている。

まずい、とベスは思った。

上から攻撃されたらひとたまりもない。もっと苦よもぎの木が密生しているところに行く必要がある。枝葉で、空が完全に覆い隠されている場所だ。

自然に駆け足になった。ハンナにもベスの危機感が伝染《うつ》り、ふたりは歩調をそろえて走りだした。

やがて、それが全力疾走になる。

闇の底。ふたりはあらん限りの力を振り絞り、走った。

そこへ。

アルフィンが飛びだしてきた。

あっと思ったときには、もう遅い。

激突した。

「きゃっ」

「いてっ」

ひっくり返った。

「つつつつつ」

呻きながら、ベスは身を起こす。

ぶつかった相手の顔が、すぐ近くにあった。

「アルフィン！」

「ベス！」

声が重なった。

しばらくきょとんとしていた。

それから、どちらからともなく笑いだした。

ひとしきり笑った。

それから、ベスはハンナのことを思いだした。

ショックで仰向けに倒れ、ハンナは気絶していた。どこかを打ったわけではない。抱き起こすと、すぐに意識を戻した。

大きな苦よもぎの木の根もとに三人は集まった。腰をおろし、車座になった。

「誰もいないんだもん」

ベスが唇をとがらせて言った。

「向こうにいるわよ」アルフィンが、自分のきた方角を指し示した。

「タロスとカルロスとドクター・ナイル」

「ジョウは？」

ベスが訊いた。

「それが――」

アルフィンは口ごもった。

「どうしたの？」

「ルーと一緒みたい」

少し間を置き、低い声でアルフィンは言った。

「ええっ」

ベスの目が丸くなった。

「さっき、ちらりと見えたの」アルフィンは言う。

「ジョウがルーを抱きかかえ、ハンドジェットであっちに向かって飛んでいくのを」

夜空をアルフィンは指差した。まさかハンドジェットが暴走しているとは、夢にも思っていない。

「ちーねえちゃん、どういうことなのよ」

ベスは憮然《ぶぜん》としている。

「とにかく、タロスたちと合流しましょう」アルフィンは立ちあがった。

「このままじゃ、どうしようもない。ジョウのことは、あと。いまは安全確保が最優先。詳しいいきさつも、そのときに話すわ」

「そうね」

ベスも立ちあがった。

「！」

と、その動きが途中で止まった。

硬直したような固まり方だ。

「ベス？」

アルフィンはいぶかしんだ。ベスはななめ上を凝視している。

その視線の先を、アルフィンは追った。

丸い物体が浮いていた。

高度十メートルほどの位置だ。苦よもぎの木の梢のすぐ下である。

イオノクラフト。

乗っているのは。

「いたね」

ダンプが言った。レーザーガンを構え、ダンプはにやりと笑った。

つぎの瞬間。

ベスとアルフィンが反応した。伊達《だて》にクラッシャーは名乗っていない。左右に散り、
武器を突きだした。アルフィンはレイガン。ベスはハンドブラスター。

同時に撃った。

イオノクラフトが突っこんできた。ビームと火球をかわされた。ダンプがレーザーガンをパルスで乱射する。

アルフィンとベスが前にダッシュした。ハンナをかばうためだ。丸腰のハンナから、クラッシャーは敵の気をそらさなくてはいけない。

イオノクラフトが反転した。

地表を転がり、ベスがハンドブラスターを撃つ。

アルフィンは、苦よもぎの木に飛びついた。垂れさがる枝に片腕をひっかけ、大きくからだを振った。ダンプは派手に動いたベスに気をとられている。高度は約二メートル。照準をベスに固定した。

アルフィンが勢いよく飛んだ。ふわりと宙に舞い、空中で一回転した。

眼前にダンプがくる。ダンプは意表を衝かれた。この角度からクラッシャーが飛びかかってくるとは思っていなかった。

アルフィンのレイガンがビームをほとばしらせた。ダンプは、イオノクラフトを上昇させようとする。

隙だらけだ。その一瞬を、ベスが逃さない。

跳ね起きて、ハンドブラスターを構えた。トリガーボタンを絞った。

4

火球が炸裂した。ほんの数メートルという至近距離である。

ダンプの背中に命中した。

「ぐわあっ」

悲鳴をあげ、ダンプがバランスを崩す。足がイオノクラフトのプレートから離れた。

アルフィンがイオノクラフトに乗った。肩口からダンプに体当たりし、その巨体を地上へと落とした。

もんどりうって、ダンプがイオノクラフトから落下する。

どうと落ちた。頭から地面に叩きつけられた。

アルフィンがイオノクラフトを操作した。ふわりと降ろし、着陸させた。

ベスがダンプの安否を確認した。首すじに指を置き、それからアルフィンのほうを振り返った。

かぶりを振る。頸椎《けいつい》が砕けていた。

アルフィンはイオノクラフトから降りて、ハンナのもとに行った。ハンナは木の根もとにうずくまったまま、茫然と目を見ひらいている。

「怪我は？」

アルフィンが訊いた。

「あ……え……はい。大丈夫です」

呼びかけられて我に返り、ハンナは答えた。アルフィンが手を伸ばす。その手をつかみ、ハンナは引き揚げられるように立ちあがった。

「どういうこと？」今度はベスがアルフィンに訊いた。

「なんで、ハンターのダンプがあたしたちを襲うの？　あんたたちがここにきていることも不思議だけど、これはもっとわけがわからない。何が起きてるのか、いますぐ教えて」

ベスは動揺していた。襲撃者がダンプだったことが、強いショックとなった。疑念が湧きあがり、心がひどく乱れている。

冷静になろう。

アルフィンは、そう自分に言い聞かせた。すでにハンナが半狂乱に近い症状を見せている。その上、ベスにまで取り乱されては、もう手に負えなくなる。ここは、きちんと説明しなくてはならない。

深呼吸をひとつした。

まずは、ふたりのハンターがとつぜんカルロスのキャンプ地を訪ねてきたところからだ。

話そうとした。

言葉がでてこない。

目の前に、異様なものが立っている。ベスのうしろだ。苦よもぎの巨木のあいだ。闇の中に顔がある。人間のそれではない。巨大な口。鋭い牙。そして、七つの角と、七つの目。

全身が震えだした。歯がかちかちと鳴る。硬直し、身動きがかなわない。頬がひきつる。

「どうしたの？」

小首をかしげ、ベスが訊いた。

ハンナも何ごとかという表情で、アルフィンを見つめている。

「あ、あれ……」

ようやく声がでた。右手をゆっくりと持ちあげた。人差指で、ベスの背後を指差す。

「向こう？」

ハンナとベスが、首をめぐらした。

「！」

ふたりとも、その場で固まった。

アバドン。

イメージがきた。

千々に乱れ、無防備となっていたふたつの意識に、そのイメージはなだれるように流れこんだ。

精神の鷲摑《わしづか》み。

アルフィンひとりが、その不可視の攻撃を免れた。気を強く保っていたことが効を奏した。

睨み合いがつづく。その間に、ハンナとベスはすさまじい速度でアバドンに意識を侵食されていく。だが、アルフィンは、そのことにまったく気づいていない。

そして。

ふいに、ベスとハンナが体をひねった。振り向き、アルフィンを見た。

顔が違う。目つきが異なる。

鋭いまなざしで、ふたりはアルフィンをまっすぐに見据《みす》えた。

まるで別人だ。先ほどまでの憔悴《しょうすい》しきった様子は、ふたりのどこにもない。

「ちょ、ちょっと」

アルフィンは口もとに微笑を浮かべた。両手を前に突きだし、小刻みに振った。

「………………」

ふたりが前に進む。すうっと滑るようにアルフィンへと迫る。

「やめてよ」

アルフィンがあとじさった。体内で警報が鳴っている。これは、尋常《じんじょう》な事態ではない。

ふたりに何かがあった。しかし、何があったのかが、まったく理解できない。

ベスの右腕があがった。その手にはハンドブラスターが握られている。

強い殺気をアルフィンは感じた。アバドンの送ったイメージの断片だ。アバドンは自分のイメージを拒否したアルフィンをベスに殺させようとした。その意志を、アルフィンは本能で読みとった。

「だめっ！」

反射的に、からだが動いた。アルフィンはベスの右手首を手刀で打った。ジョウ仕込みの格闘技だ。ベスの手からハンドブラスターが落ちた。

アルフィンがきびすを返す。その場から、走って逃げる。

イオノクラフトに飛び乗った。急ぎ、動力をオンにした。

ふわりと浮く。イオノクラフトが浮上する。

落としたハンドブラスターを、ベスが拾いあげた。

舞いあがろうとするイオノクラフトに、銃口を向けた。トリガーボタンを押した。

火球がほとばしる。

アルフィンがイオノクラフトを旋回させる。イオノクラフトは、苦よもぎの木蔭へと飛びこんだ。

火球が苦よもぎの幹を灼いた。炎が噴出した。

アルフィンは高度をあげる。ベス相手に、反撃はできない。何か異常な力がベスとハンナに働いた。その力でふたりはあんなふうになった。それがおぼろげながら、アルフィンにはわかっている。

一気に森の上にでた。ここはもう逃げるしかない。とにかく、ふたりから離れる。できることは、それだけだ。

飛んだ。

イオノクラフトの最高速度で、ひたすら飛んだ。

まだ、歯がかちかちと鳴っていた。


「あの馬鹿、どこ行っちまったんだ」

渋面をつくり、タロスが言った。

アルフィンが、いきなり不可解な行動にでた。ほかの人たちを探してくると言って、森の奥に消えてしまった。この非常時に、何を考えてそういうことをしたのか、タロスにはまったく理解できない。あとを追おうにも、重傷のドクター・ナイルとカルロスをかかえたタロスに、それは不可能だ。

どうすべきか。

腕を組み、タロスは考えこんだ。

いま、チームはばらばらだ。誰がどこにいるのか、見当すらつかない。通信管制も依然としてつづいている。ときおり通信機のスイッチを入れてみるが、聞こえてくるのは必ずノイズだけ。むりやり呼びかけても、むろん応答はない。

「まいったな」

タロスは天を振り仰いだ。長いクラッシャー生活、これほど打つ手がないのははじめてだ。

と。

音が聞こえた。

うなるような機械の音。

聞き覚えがある。というよりも、この音は耳慣れている。エンジン音だ。

振り返った。音は右手からくる。その方向には、ノフロロがキャンプ地としていた広場がある。

ひとまず身構えた。ホルスターからレイガンを抜いた。

音が高くなる。ごうごうと響いてくる。

ヘッドライトが光った。白い光がタロスを包んだ。

まぶしさに、タロスは肘《ひじ》で顔面を覆った。

「タロス！」

声がした。スピーカーを通した大きな声だ。

「リッキー！」

タロスの細い目が、ほんの少し丸くなった。

苦よもぎの森が割れ、そこから姿を見せたのは。

ガレオンだ。

「タロス！」

操縦席のハッチがひらいた。そこからリッキーが幼い顔を覗《のぞ》かせた。

「リッキー、てめえ」タロスの口もとが、わずかにほころんだ。

「無事だったか」

「とーぜんだよ」リッキーは言った。

「広場のまわりを走りまわっていたんだ。ちゃんとクライアントも回収してきたぜ」

「クライアント？」

タロスは背後にすわりこんでいるカルロスを見た。

カルロスはここにいる。となれば。

「森の中でばったり出会ったんだ」リッキーがつづけた。「ノフロロとダーナとトトが、いまこれに乗っている」

なるほど。

タロスはうなずいた。

ちゃんと仕事をしてるじゃないか。

ほんの少し、リッキーを見直した。

5

飛行速度が落ちはじめた。

エネルギーが尽きようとしている。ジョウは、いま一度ハンドジェットのレバーを操作した。

反応があった。パワーが落ちたからだろう。ノズルの向きを手動で制御できる。

「降りるぞ」

両手で抱きかかえているルーに目をやり、言った。

「ええ」

ルーはうなずいた。ふたりはもう十分近く、強く抱き合っている。ともに腕の力をゆるめることができない。どちらかの腕が離れたら、それでルーは落ちる。森に墜落し、生命を失う。

「ありがとう。ジョウ」

ルーが囁《ささや》くように言った。

「なに？」

「お礼を言い忘れていたのよ」ルーは口もとに微笑を浮かべた。

「あやういところを助けられたのに、ずうっと黙っていた。ごめんね」

「気にするな」ジョウは小さくかぶりを振った。

「この状況だ。動顚《どうてん》しないほうがおかしい」

「着陸、うまくいきそう？」

「うまくやる。それしかない」

「そうね」

ゆっくりと高度が下がった。闇の底に、さらに深い闇がある。暗視装置を通して見ても、その闇は背すじが寒くなるほどに深い。苦よもぎの森の闇だ。飛行時間から考えて、かなり森の外縁部に近い場所にきているはずだが、その兆候はどこにもない。

ジョウの足先が梢に触れた。ハンドジェットは、もう失速寸前だ。ノズルの角度を慎重に変える。噴射量の調整はできない。

立ち並ぶ木々の隙間を抜け、ジョウは地上をめざした。

五メートル。三メートル。

とつぜん、噴射が終わった。推進力が唐突《とうとつ》に失《う》せた。高度二メートル。ルーをかかえたまま落下するには、まだ少し高い。しかし、もうこれ以上の飛行は不可能だ。

落ちた。着地と同時に、膝を曲げ、衝撃を吸収した。ジョウの腕から、ひらりとルーが飛んだ。

ふたりが並んで、大地の上に立った。

「ぎりぎりセーフだ」

ジョウはハンドジェットを背中から降ろし、かたわらに置いた。ノズル上部が黒焦げになっている。よくこれで、十分も飛べたものである。

「がんばってくれたわね」

ルーがハンドジェットのボディを撫《な》でた。

「ここなら、通じるかもしれない」

ジョウが言った。左手首に装着された通信機のスイッチをオンにした。

甲高い雑音が、がりがりと響いた。

「まだだめね」

ルーが肩をすくめた。

「とりあえず、救難信号をだしっぱなしにしておこう」ジョウは通信機のキーをいくつか打った。

「何かの拍子でつながったら、すぐに発見してもらえる」

カルロスとともに行動していたときは、救難信号の発信はできなかった。カルロスが禁止したからだ。ノフロロに居場所を知られる。それが信号発信を拒否した理由だった。自分の身の安全をはかるよりも、ハンティングの勝負を優先する。護衛担当者としてはひじょうに迷惑だが、ある意味、それは徹底した自己規制ともいえる。あきれつつも、無条件に従わざるをえない。

「これから、どうするの？」

ルーが訊いた。

「歩く」

ジョウは答えた。

「歩くって、どこへ？」

「飛行中に、丘のような地形が見えた」ジョウは右手前方を指差した。

「この方角だ。そこは苦よもぎの木が生えていないような気がした。そこへ行ってみよう」

「距離は？」

「わからない。だが、十キロはないと思う」

「十キロねえ」ルーはため息をついた。

「か弱い女の子に夜の森を十キロ歩かせるなんて、ちょっとひどすぎるんじゃない」

「アルフィンなら、何も言わずに歩くぞ」

ジョウはさらりと応じた。もちろん、大嘘《おおうそ》である。アルフィンに十キロ歩けと言ったら、泣きわめき、呪《のろ》いの言葉を吐いて、ひたすら暴れまわる。そうなったら、もう誰にも止められない。

「あたし、行く」ルーの背すじがまっすぐに伸びた。

「絶対に行く。十キロなんて、なんでもない」

きびすを返した。ジョウの示した方角に顔を向けた。

歩きはじめた。

「大成功」

ジョウは小さくつぶやいた。

「なんか、言った？」

ルーが振り向く。

「いや、べつに」

ジョウは、両手を左右に振った。それから、あわててルーのあとを追った。

四時間後。

ふたりは小高い丘の前にいた。すでに夜が明けようとしている。空の色は群青《ぐんじょう》から濃いめのコバルトに変わり、梢の間から陽射しも幾筋かこぼれるようになった。ジョウとルーは暗視装置を外し、それをルーの背負うクラッシュパックにしまった。ジョウもルーも手にしている武器は同じだ。ビームライフルを持ち、セイフティロックを解除している。

丘のまわりを、ふたりはしばしまわった。高さは四、五十メートルくらいだろうか。周囲に苦よもぎの木がまったくない。隆起した巨岩の塊。そのように見える。

丘の横に、洞窟があった。大きな洞窟だ。幅五メートル、高さ三メートルほどの口が、ぱっくりとひらいている。

「おもしろいものがある」

ジョウは、中を覗きこんだ。何も見えない。真っ暗だ。かすかに腐臭がする。生き物の気配はない。

「入りたいの？」

「ああ」

「あんたって、むかしからそうね」ルーは顔をしかめた。

「ちょっと目を離すと、すぐにどこかにもぐりこんでしまう。スクールの先生が嘆いていたわ。授業時間になると、姿が消えているって」

「それ、八歳のころの話だぞ」

「いまでも、その癖《くせ》、とれてないんでしょ」

「馬鹿言え」

ジョウの顔が少し赤くなった。最悪の相手と一緒になってしまった。ルーは一歳年下だ。スクールでは下級生だったので、ジョウは彼女のエピソードをまったく知らない。向こうはジョウのエピソードを教師などから聞きまくっている。

「ま、いいわ」腕を組み、胸をそらせてルーは言を継いだ。

「きょうのリーダーはジョウ。命令には従います。興味があるのなら、さっさと入っちゃうのがいちばんね」

ルーは洞窟に向かってジョウの背中を押した。ぐいぐいと押して、内部へとジョウを送りこんだ。

「なんだよ、おい」

ジョウはうろたえた。こんなことははじめてだ。どうにもリズムが狂う。

光が断たれた。闇が、またふたりを包んだ。ルーがクラッシュパックから暗視装置を取りだし、ジョウに渡す。

「広いな」

洞窟の中を眺めまわし、ジョウが言った。

「いやな臭《にお》いがする」ルーは鼻を押さえていた。

「ここ、ちょっとやばいんじゃない？」

「とにかく、奥まで行ってみる」ジョウはわずかに足を早めた。

「自分の目で確認しないと、何も言えない」

「………………」

前後に並び、ふたりは歩を運んだ。

二十メートルほど進んだ。

洞窟の地面に、何かが転がっていた。白いかけらのようなものだ。ジョウとルーの足もと一面に散らばっている。

それが何かは、すぐにわかった。

人骨だ。大腿骨と、頭蓋骨の一部がかけらの中にあった。それを見て、正体が判明した。

「何よ。これ」

ルーがジョウの腕にしがみついた。怯《おび》えている。

「銀河連合が派遣した調査隊員だ」

ジョウが身をかがめた。骨の横に繊維の断片のようなものが落ちている。それを拾いあげた。表面にマークのようなものがプリントされている。

「銀河連合の認識票だわ」

さらに数歩、進んだ。また、何かが落ちていた。カードサイズのプレートである。これも、ジョウは回収した。

「データレコーダーみたい」

ルーがジョウの手もとを覗きこんだ。ルーはジョウから離れようとしない。からだをぴったりと密着させている。

「動作する」

ジョウはスイッチを入れた。

カードの表面が明るくなった。ぼおっと映像が浮かびあがった。三十代前半とおぼしき、小柄な女性の３Ｄ映像だ。銀色のスペースジャケットを着ている。胸に銀河連合のマークがある。表情が、ひどく険しい。

「ドクター・カースです」３Ｄ映像が言った。

「万が一に備えて、このカードに未確認生物ＡＮ８３０、通称アバドンについてのレポートを入れておきます。わたしたちに何かあったときは、この情報を参考にし、あらたな対策を講じてください」

「アバドンのレポート！」

ジョウとルーは、互いに顔を見合わせた。

6

ジョウとルーは、いったん洞窟の外にでた。腐臭で息が詰まりそうとルーが言いだしたからだ。

外にでると、空はすっかり明るくなっていた。木々がないので、頭上には快晴の蒼空《そうくう》が鮮やかに広がっている。朝の陽射《ひざ》しが、洞窟の闇に慣れてしまった目に、痛いほどまぶしい。そこかしこで、鳥とも獣ともつかぬ生物が啼《な》き声をあげている。

ふたりは丘の上に登った。散乱する人骨を見るまでもなく、このあたり一帯には危険な雰囲気が漂っている。その点、丘のいただきは十分に見通しがいい。四方を完全に見渡すことができる。

「ピクニックにきたみたいね」

ルーが言った。

「まあな」

ジョウはぶっきらぼうに答えた。十歳でクラッシャーになってから九年、アルフィン以外の女性とこうやってふたりきりの時間を過ごすことは、ほとんどなかった。どう振舞っていいのか、よくわからない。

丘のいただきに腰をおろした。ジョウの横に、ルーが並んだ。ジョウにからだを寄せ、その手に握るデータレコーダーに視線を向けた。

再びスイッチが入り、ドクター・カースの姿がカードの上に浮かんだ。

「アバドンは、惑星ワームウッドの支配者的生物です」ドクター・カースは言った。「ひとつの森に一体のアバドン。アバドンは、自分の森にきた他の高等生物の存在を許しません。森の生態系の頂点に立ち、その森の王として君臨しています。アバドンは、自分の森に一体のアバドンですが、それはアバドン同士であっても例外ではなく、繁殖期以外、ひとつの森に一体のアバドンの原則が崩れることはないものと思われます」

映像が、アバドンのそれに変わった。あいかわらず不鮮明な映像だ。輪郭《りんかく》がはっきりしていない。体色が背景に溶けこみ、相当にぼやけている。

「俺が見たアバドンとは、色が違っている」ジョウが言った。

「夜だったが、明らかにもっと濃い色だった。こんな淡い褐色じゃなかった」

「べつの個体じゃないの」

「ドクターの言葉が事実なら、同じアバドンだ。ひとつの森に、一体のアバドン。ドクターは、この森で調査をしていた」

「…………」

「アバドンの生態は、まだ何もわかっていません」ドクター・カースがつづけた。「しかし、わたしたちは多くの犠牲を払い、この生物の驚嘆すべき能力の一端を把握《はあく》することができました」

「能力？」

ジョウの眉根に縦じわが寄った。と同時に、また映像が変わった。ひとりの男性隊員の姿が映しだされた。

「この隊員の名はパヤン。生物行動学の専門家です。パヤンはアバドンの支配下に入った後に、意識を正常に戻すことができた唯一の隊員です」

「支配下……」

「アバドンは、他種生物の意識を読みとります。また、他の生物に自身のイメージを送りこみ、その生物を支配下に置くことも可能です。超能力の研究に関わった方ならご存じだと思いますが、これはいわゆるテレパシー、あるいはヒュプノという能力に酷似しています。ただし、異種生命体を操るため、その過程に言葉や言葉を介在した暗示のようなものは存在しません。イメージのみのやりとりで、この状況が現出します」

「ヒュプノですって？」

ルーの表情が変わった。

「人間の意志を支配できる生物がいるというのか!」

ジョウは身を乗りだした。信じられない話である。超能力の中でも、ヒュプノはひじょうに高度な力だ。超能力者クリスとの戦いの中で、ジョウは本物のヒュプノを目にしてきた。ヒュプノは自分の意識を他人の意識の内部に割りこませ、相手の思考能力を完全に奪ってしまう。奪われた者は自我をなくし、超能力者の意志に従って行動するようになる。それは、ただの操り人形といっていい存在だ。本人の意志は、あとかたもなく失せる。

「じゃあ、もしかして、あのハンターたちは」ルーがジョウの顔を見た。

「アバドンに意識を乗っ取られたってこと?」

「それなら、話が通じる」

「わたしたちは、アバドンに命じられるがまま、森の中に置いた調査本部を襲ってきたパヤン隊員を麻酔ガスで捕獲し、イメージの呪縛《じゅばく》から解き放つことに成功しました。そして、それにより、この事実の解明へと至りました。アバドンは、極めて危険な生物です。その後も、アバドンの支配下にある猛獣や猛禽《もうきん》に調査隊はたびたび襲われ、ついに、この森の深奥部まで追いつめられてしまいました。いまはほとんど武器もありません。弾薬は尽き、隊員の人数も六人にまで減じました。もはや生き延びることはできないと覚悟しています。しかし、この事実をなんとしても銀河連合に報告しようと思い、メッセージを作成しました。これが人類のもとに届くことを強く願っています。アバドンに手を触れてはいけません。アバドンは、ワームウッドの神なのです」

映像が消えた。カードに入力された、すべてのデータが再生された。

「…………」

ジョウとルーは、声もない。

イメージだけで異種生命体を操ることのできる高等生物。

そんなものが、この世には存在したのだ。

「みんながあぶないわ！」

ルーがおもてをあげた。声がひっくり返り、甲高くなった。

「味方がいきなり敵にまわる」ジョウの瞳が強く炯《ひか》った。

「カルロスやノフロロがアバドンの従者となったら、事態は最悪だ。守るべき相手がクラッシャーに襲いかかってくる。タロスもダーナも、反撃ができない」

「どうしよう？　ジョウ」

「しっ」

ジョウが人差指を立て、自分の唇にそれをあてた。

「え？」

「気配がする」声をひそめ、ジョウは視線を左右に振った。

「何ものかに、この丘全体を囲まれた」

「嘘！」

「本当だ。〝気〟を集中させてみろ」

「…………」

ルーは目を閉じ、耳を澄ませた。

ややあって、言った。

「何も聞こえない。何も感じない」

「そうだ」ジョウはうなずいた。

「何も聞こえない」

「だから？」

「おかしいんだ。さっきこの丘を登るときは、うなるような啼き声や、さえずるような啼き声がしきりに響いていた。だが、いまはそれがまったくない」

「そういえば」

「かわりに不自然なざわめきがある」ジョウは言を継いだ。

「明らかな音としては届いていない。しかし、間違いなく、梢の揺らぎ、ひそやかな呼吸の気配が増している」

「ほんとに、そんなのがわかるの？」

「わかる」

ジョウはビームライフルを胸もとに構えた。風がかすかに流れている。その中に、かすかな腐臭がある。

だしぬけにジョウが立ちあがった。いっさいの前ぶれなくビームライフルの銃身を丘をめぐる苦よもぎの森に向かって突きだし、トリガーボタンを押した。

光条が疾《はし》る。森の枝葉を灼《や》く。

「ぎいっ！」

けたたましい悲鳴があがった。大きく森がどよめいた。

黒い影がいっせいに散る。木々の上で飛びあがり、弾《はじ》けるように宙を舞う。

「ひっ」

ルーが腰を浮かせた。あわててビームライフルを持ちあげる。

丘を囲んでいたのは、テラでいうサルに似た小型の生物だった。体高は五十センチ前後。首すじから背中にかけて、立派なたてがみがある。見た目としては、サルとライオンのハイブリッドという感じだ。しなやかな胴体に、長い手足がついている。指がしっかりと枝を握り、木々の間を渡る。赤みがかった褐色の体毛が陽光に映え、動きは目を疑うほどに速い。苦よもぎから苦よもぎへ、十メートルくらいの距離なら、軽々と跳ぶ。

「小さいが、肉食の猛獣だ」ジョウはビームライフルのスコープで、生物の細部を見た。

「さっきの洞窟は、こいつらの巣のひとつだな」

「じゃあ、調査隊員を食べちゃったのは」

「こいつらだ」

「きょうの朝食は、あたしたちってわけ？」

「できれば、気を変えさせたい」

「賛成」

サルがきた。狩るはずの獲物に発見されてしまったら、もう隠れている必要はどこにもない。苦よもぎの木から飛び降り、サルたちは、ひしめきあうようにして丘の斜面を駆け登ってきた。

撃ちまくる。

ジョウとルーはビームライフルでサルを撃ちまくる。できることは、それしかない。間合いを詰められたら、それでおしまいだ。ざっと見て、サルの数は数十頭。もしかしたら百頭近いかもしれない。至近距離に攻めこまれたら、手に負えなくなる。

二十分近く、奮闘した。だが、数の劣勢はいかんともしがたい。サルはじりじりと近づいてくる。丘を這い登り、身を低くして、ジョウとルーに迫る。

「手榴弾はあるか？」

ビームライフルを撃ちながら、ジョウがルーに訊いた。

「五発くらいなら」

「厳しいな」

ジョウとルーは背中合わせになった。すでにサルたちは丘のいただきの端まできている。いまは小さくうずくまって様子をうかがっているが、ジョウたちの攻撃に少しでも疲れが見えたら、間違いなくそこから飛びだし、襲いかかってくる。

だめかもしれない。

ちらと、そう思った。

そのときだった。

通信機から声が飛びだした。

「ジョウ。聞こえる？　ジョウ！」

アルフィンの声だった。

7

とつぜん、我に返った。そんな感じだった。

アルフィンは、無我夢中でイオノクラフトを飛行させていた。

想像だにしなかったことが起きた。ハンナとベスが、敵にまわった。ベスはハンドブラスターでアルフィンを撃とうとした。明らかに殺意があった。

アルフィンは混乱した。動顛《どうてん》し、うろたえた。そして、そのままイオノクラフトに乗り、そこから逃げだした。

気がつくと、森の上を飛んでいる。

アバドンのせいだ。

根拠も理由もないが、それだけはたしかだ。アルフィンはイメージを見た。何ものかが流した、殺意に満ちたイメージ。そのイメージが、ハンナとベスを狂わせた。

誰がイメージを流したか?

アバドンだ。アルフィンは確信している。あのおぞましい生物しかいない。七つの目が、彼女をまっすぐに凝視していた。何もかも見すかしているような、あの透徹したまなざしが。

ぶるっと、アルフィンは震えた。

背すじが冷える。恐怖がつのる。

どこへ行こう。アルフィンは考えた。ようやく頭がまわりはじめた。

頭上を見上げた。かなりの時間、森の上をさまよっていたらしい。もう夜が明けはじめている。地平線のあたりが、青白い。森の先に、台地のような小高い影がある。

台地。

そうだ。〈ミネルバ〉だ。〈ミネルバ〉に戻ろう。アルフィンは思った。ひとりきりになってしまった。仲間がどこにいるのか、ぜんぜんわからない。武器もほとんどない。通信も不能になっている。

となれば。

できることはただひとつだ。

〈ミネルバ〉に戻る。

それしかない。

イオノクラフトの向きを転じた。方角は空の色で見当がつく。アルフィンは航宙士だ。着陸時に確認した。ここからなら、ルクミンの昇ってくるポイントを基点にして右へおよそ四十度。その方向に直進すれば、台地へと至る。

向かった。

思ったよりも、台地までは遠かった。イオノクラフトの速度は遅い。気ばかりがあせる。何度も落ち着けと自分に言い聞かせ、飛んだ。

夜が完全に明け終えたころ、ようやく台地にたどりついた。森を抜け、目の前に聳《そび》え立つ〈ナイトクイーン〉の船体が見えたとき、アルフィンは泣きだしそうになった。

しかし、感傷に浸っているひまはない。

通信機のスイッチを入れた。ここなら届く。そう思った。

「〈ミネルバ〉、応答せよ」アルフィンは言った。

「こちら、アルフィン」

「キャハ。コチラ〈みねるば〉。連絡ガナカッタンデ心配シテイタゾ。キャハ」

即座に応答があった。異様に甲高い、ドンゴの声が響いた。

「ドンゴ」

また涙がでそうになる。

「発進準備をしてちょうだい」唇を嚙んで涙腺《るいせん》を閉じ、アルフィンは言葉をつづけた。

「非常事態に陥ってるの。ジョウもタロスも、みんな行方不明になっている！」

叫ぶように言った。

「キャハ。了解」

通信が切れた。

台地が一気に近づいてきた。


〈ミネルバ〉に入った。

立ち並ぶ宇宙船に、異常はまったくなかった。テロリストはキャンプだけを襲った。

ほぼ無人となっている宇宙船には、いっさい攻撃を仕掛けていなかった。

「キャハ、緊急連絡ガキテイマス」

主操縦室にあらわれたアルフィンを迎えたドンゴが、開口一番そう言った。

「緊急連絡って……」アルフィンはきょとんとなった。

「ここはずうっと通信可能だったの？」

「当然デス」ドンゴは胸を張った。

「ワタシガ管理シテイルノデス。壊レルハズガアリマセン」

「そういう意味じゃないわ」アルフィンは首を横に振った。

「テロリストが通信管制をかけていたの。でも、このあたりは対象外だったのね」

「ナルホド。ソレデ連絡ガツカナカッタノデスネ。キャハ」

「緊急連絡を聞かせてちょうだい」アルフィンは副操縦席に着いた。

「ひとつずつ、順番に片づけましょ」

「了解」

ドンゴが主操縦席の横に立った。細長いマニピュレータを伸ばし、コンソールデスクのキーを操作した。

スピーカーから、声が流れた。人工的な女性の声だった。

「クラッシャー評議会からの緊急連絡です。惑星ワームウッドに生存すると思われる未確認生物、通称アバドンに対し、銀河連合は銀河標準時二一六一年八月十七日午前零時をもって最重要保護指定の適用を決定しました。当該生物の捕獲、殺傷は禁止され、違反した場合は生物保護法に基づき、処罰されることとなります。以下は、ワームウッドにおいて活動をしているクラッシャーすべてに及ぶ警告です。クライアントが当該生物の捕獲等を計画していると確認されたときは、すみやかに契約を解除してください。これは一方的に解除可能なケースとなります。解除せず、捕獲等に同行し、その行為を黙認した際は、同行クラッシャーも稀少生物保護法違反者とみなされ、銀河連合により、身柄を拘束《こうそく》される可能性大です。クラッシャー評議会による懲罰対象者にもなります。繰り返します。クライアントが当該生物の捕獲等を計画していると確認されたときは、すみやかに契約を解除してください」

「なんてことなの」アルフィンの頬が、ひくひくとひきつった。

「八月十七日の午前零時って、五時間も前のことじゃない」

「どうしよう？」ドンゴを振り返った。

「ねえ、どうしよう？」

「キャハ。マズ通信ノ回復ヲハカラナイトイケマセン」

ドンゴは答えた。

「それ、できるの？」

「コレヲゴ覧クダサイ」

ドンゴが、またキーをいくつか打った。

メインスクリーンに、立体模式図化された地形図が映しだされた。中央に苦よもぎの森があり、左端に宇宙船の降りた台地がある。

森の周囲に膨大な数の赤い光点が浮かびあがった。ざっと見て、五百個はくだらない。

「じゃみんぐしすてむノ中継装置デス」ドンゴは言った。

「コノ森全体ヲ囲ム中継装置ガ、通信ヲ妨害シテイマス。キャハハ」

「ということは、これを無力化してしまえば、通信が回復するのね」

「ソウイウコトニナリマス。キャハハ」

「いい方法が、あるかしら？」

「強力ナ電磁波ヲ森ノ上空カラ放射シマス。キャハ。ソレニヨリ、中継装置ノちっぷヲ破壊シ、無力化シマス」

「それって、ジョウたちの通信機も壊しちゃうんじゃない？」

「指向性ヲ高クシ、中継装置ヲ狙イ撃チスルヨウニシテミマス。キャハハ。がれおんニ搭載サレテイル高感度通信機ニハ影響ガデルカモシレマセン。シカシ、個人ガ携帯シテイル小型通信機ナラ、大丈夫……ダト思イマス」

「断言はしないのね」

「慎重ナ性格ナノデス。キャハハ」

「とにかく、いまのままだと何もできない」アルフィンは決断した。

「危険があっても、やれることからやらないとだめ。やってみるしかない。――ドンゴ」

「キャハ？」

「中継装置の無力化、やるわ。発進してちょうだい」

「了解」

ドンゴは離陸操作を開始した。〈ミネルバ〉のエンジンが動きだし、その巨体が、ゆっくりと上昇しはじめた。

高度五百メートルで水平飛行に移り、広大な森の中央部へと移動した。

「電磁波ヲ放射シマス」

ドンゴが言った。キーを打ち、スイッチを入れた。

中継装置をひとつずつマークし、絞りに絞ったビームで、そのチップを破壊していく。

三十分ほどで、作業は完了した。

「問題ハ解消サレマシタ」アルフィンに向かい、ドンゴは言った。

「コレデ通信ガ可能ニナッテイルハズデス。タブン」

「たぶんじゃないわ」ドンゴに目をやり、アルフィンが言葉を返した。

「もう、完全に回復している。遭難信号をキャッチしているのよ。ジョウがだしているやつ」

「ソレハ、メデタイ」

アルフィンは通信機をオンにして、ジョウを呼んだ。

「ジョウ。聞こえる？　ジョウ！」

大声で呼んだ。

「アルフィン！」

返答があった。ジョウの声だった。

「ジョウ！」アルフィンの顔がほころぶ。

「無事だったのね。ジョウ」

「ああ、なんとかな」

「あたし、いま〈ミネルバ〉にいるの。何ものかが仕掛けた通信管制は解除したわ。もういつだって交信ができる……」

「なに、たらたらしゃべってるのよ」

アルフィンの声に、べつの声がかぶさった。

若い女の声だ。スピーカーから流れた。

「そんな話、あとまわしにして！」女は叫ぶ。

「いまは死ぬか生きるかなのよ。ジョウ」

この声は。

ルーだ。

あの三人娘の真ん中の色気過剰巨乳女。

アルフィンの脳裏に、ひしと抱き合い、ハンドジェットで飛んでいくジョウとルーの姿が浮かんだ。

ジョウはまだルーと一緒にいるのだ。しかも、あの状況である、ふたりきりなのは間違いない。

「何が生きるか死ぬかですって」アルフィンの眉がきりきりと吊りあがった。

「いいわよ。死んでもらうわよ」

拳を握り、アルフィンはシートからすっくと立ちあがった。

「クラッシャールー！」

「キャハ。怖イ」

ドンゴが、怯えた。

8

時間が少し戻る。

ベスとハンナが、アバドンのとりことなった直後だ。

アバドンは、いったんノフロロのキャンプ地から離れ、森の奥に戻った。

生き残った者を集めて、木々の間に立たせる。

レッド・T、ジャン、カマタ、ハンナ、そして、ベス。

ベスとハンナの前にアバドンは身を置いた。いまのアバドンの体色は、闇の色だ。森の夜に同化している。見えるのは七つの目だけで、それがハンナとベスを静かに凝視している。

アバドンは、まずベスの意識を探った。

イメージが見える。その多くがアバドン自身が送りこんだ偽《いつわ》りのイメージだ。ベス本人のものではない。

しかし。

深奥部で、アバドンのイメージは拒否されていた。ベスのイメージが、彼女自身の意識をほぼ完全に埋めつくしている。

アバドンは、そのイメージを読んだ。

使命感。任務。闘志。身内の顔。尊敬。畏怖《いふ》。決意。

よくわからない。アバドンには理解不能のイメージが多い。ただ、これだけははっきりしている。この個体はまだ完全に制御できていない。根本的なところで、アバドンのイメージを受け入れていない。

危険だ。こういう個体は、いきなり暗示から抜ける。何かのきっかけで、簡単にアバドンの支配下から脱する。

急ぎ、あらたなイメージを埋めこまなくてはならない。

アバドンは、ハンナの意識を見た。

こちらは、まったく問題なかった。完璧にアバドンの忠実なしもべと化している。イメージを送れば、送ったように行動する。逆らう様子はかけらもない。

「！」

おもしろいイメージがあった。例によって意味は判然としないが、イメージに浮かぶ生物の顔や、過去の記憶に少なからず見覚えがある。

利用できそうだ。

アバドンは、そう思った。

うまく使えば、ベスの意識を内側から崩壊させる切札となる。ハンナのイメージが、ベスのイメージを強く刺激し、ベスの自我をさらなる混乱へと導く。

ハンナとベスを向かい合わせにした。

ハンナの意識と、ベスのそれをつないだ。アバドンが中継者となり、ふたりの意識を同化させる。

ベスの中に、ハンナの持つイメージが流れこんだ。

最初に届いたのは、憎しみのイメージだった。

激しい憎悪の塊だ。火と燃える、熾烈《しれつ》な憎悪。

対象者は。

カルロスとノフロロである。

血に染まるふたりの顔のイメージが、ベスの意識を占拠する。

「あ、う……」

ベスが苦悶の表情を浮かべた。憎しみのあまりの強さに、ベスの意識がたじろぐ。こんなに激しく、哀しみに満ちた感情を、まだ十四歳のベスは、体感したことがない。

イメージに、イメージが重なる。

それは、ひとつの長い物語だった。

十一年前。

二一五〇年だ。

悲劇は、惑星ジャハナムで起きた。射手座宙域の恒星、ハルートの第五惑星である。

ジャハナムは、惑星改造が完了したばかりの惑星だった。名目は太陽系国家ニスロクの委任統治領となっていたが、実質上は惑星開発管理企業であるヴォフ・マナ社がすべてを支配していた。

ヴォフ・マナ社のオーナーは、カルロスとボン・ノフロロだった。

その年の春。

ジャハナムの北半球にある山岳地帯の湖で、稀少動物の目撃例が報告された。水棲爬《は》虫類《ちゅうるい》で、体長はおよそ二十メートル。言語を有する高等生命体という噂《うわさ》が流れた。惑星改造をおこなった惑星に、未確認生物がいる。それも、霊長類並みの知能を持った巨大動物らしい。

ニュースは即座に銀河系を駆けめぐった。

が、すぐに、それは誤報であるという発表がヴォフ・マナ社からあった。誰かがジョークで、目撃情報を広めた。そんな動物は、どこにもいない。ヴォフ・マナ社は、未確認生物の一件を完全に否定した。

噂の焦点となった大カルデラ湖のある山のふもとに、移民者の集落があった。プラスチックと樹脂のパーツで組みあげられた簡易住宅の町だ。仮の名をシェオールという。人口は四千七百余人。ジャハナム第一期移民団が築き、本格的な都市建設を開始しようとしていた。

よく晴れたある日。

とつぜん、カルデラ湖が決壊した。湖畔《こはん》の土手が同時に何か所かで崩れ落ち、湖の水が、山のふもとへと流出した。水は土石流となって、シェオールを直撃した。

ヴォフ・マナ社は、火山性地震による大規模な災害の発生を銀河連合に報告した。ヴォフ・マナ社の救援隊と調査団が即座に現地へと向かった。銀河連合への支援要請はなかった。

集落は全滅していた。生存者は皆無であると、ヴォフ・マナ社は発表した。死者・行方不明者四千七百九十六人。生き残った者は、ひとりもいなかった。集落に居住していた者は、老若男女、すべてが死に絶えた。

嘘だ！

強いイメージが、ベスの意識の中で、渦を巻いた。

ハンナが否定する。

シェオールの人びとは全滅などしていなかった。

たしかに、多くの人が死んだ。だが、土石流の犠牲となったのは住民のおよそ半数、二千数百人であった。残りの者は、レーザーガンのビームとブラスターの火球に灼かれ、さらには、ライフルの銃弾によってその身をずたずたに切り裂かれた。

この悲劇、天災ではなく、人災であった。

未確認生物の存在を知ったカルロスとノフロロが、捕獲を競い合った。

だが、潜水艇を持ちこんでも、噂の水棲爬虫類の影すら見ることができない。

業を煮やしたふたりは、最後の手段にでた。

湖の水を抜いたのだ。

爆薬を仕掛け、湖水を山麓へと流す。

カルロスとノフロロが連携しておこなったわけではなかった。互いに勝手に策を探り、同じ結論に至った。それが、多くの人びとの不幸につながった。

大量の爆薬が湖岸を砕いた。計算して実行された作業ではない。何が起きるか、誰にも予測できなかった。

山が割れた。いびつにくわえられた巨大な力に、カルデラが耐えられなかった。水が噴出した。大鍋《おおなべ》をひっくり返したかのように、湖の水がひとかたまりになって、ふもとへと落ちた。

思いもよらぬ事態だった。

カルロスとノフロロは、うろたえた。流れる水の先には、移民者の集落がある。

一瞬だった。

住民を避難させる余裕は皆無だ。

土石流が集落を呑みこんだ。

ふたりは我に返った。このままだと、重大な責任が生じる。過失を問われ、あらゆる制裁をくわえられることになる。莫大な保証。刑事罰。殺到する非難。

どうすればいいか。

ふたりは考えた。

自然災害にすればいい。結論は、すぐにでた。

カルロスとノフロロは、生き残ったシェオールの住民をすべて殺した。皆殺しにし、隠蔽《いんぺい》工作がはじまった。

その惨状を土石流の底へと沈めた。

しかし、その邪悪な謀略には大きな穴があった。

その日、集落から遠く離れた場所に四十三人の少年少女がいた。

シェオールに住む子供たちだ。十八歳以下の青少年たちによる研修キャンプである。

かれらの存在を、カルロスとノフロロは完全に見逃した。

かれらは自分たちの両親、仲間、友人に何が起きたのかを知った。知って、身を隠した。

かれらを助けるため、密《ひそ》かに動いた者がいた。カルロスとノフロロに雇われていた傭兵たちである。数人の傭兵が、森の中にひそむかれらを見つけた。傭兵たちは、かれらを殺さなかった。いかにクライアントの命令とはいえ、できることとできないことがある。子供たちを根こそぎ皆殺しにしろと言われても、それは無理だ。幸いなことに、ノフロロもカルロスも、この四十三人のことを知らなかった。教えなければ、永久に知ることがない。ならば、無益な虐殺を回避することは可能だ。傭兵たちの決意ひとつで、それは実現する。

傭兵たちは、長い時間をかけて、四十三人の少年少女を惑星ジャハナムから脱出させた。そして、かれらを傭兵たちが運営していた戦闘員の養成所へと入れた。戸籍もない。身寄りもない。学歴もない。そんな四十三人を無条件で受け入れられるのは、傭兵たちの世界だけである。かれらを救った傭兵たちは、かれらに新しい人生を与えた。

養成所で五年が過ぎた。

四十一人が一人前の傭兵に育った。ふたりが、訓練の途中で命を落とした。

四十一人は二年間、傭兵として銀河系を駆けめぐった。契約金のほとんどを養成所に渡した。一種のお礼奉公である。二年が経過したら、あとは自由。そういう話になっていた。この二年間に、七人が死んだ。

四年前、三十一人の男女が傭兵をやめ、ルビーサス警察に就職した。優秀な成績で採用試験を突破した三十一人。そのうちの二十人が機動隊員となった。

同じころ、ひとりの女性が秘書としてノフロロに採用された。女性の名はハンナ。もちろん、ジャハナムで生き残った四十三人のうちのひとりである。

過酷な七年を生き延びた少年少女たちは、互いに復讐を誓い合っていた。

何があっても、カルロスとノフロロを殺す。ふたりを誅《ちゅう》し、恨みを晴らす。許すことはできない。鉄槌《てっつい》を下すのだ。その上で、ジャハナムで何が起きたのか、その真相を白日のもとにさらす。

ワームウッドでのハンナは捨て石だった。彼女は自分の居場所を常に仲間に伝えている。仲間は彼女を狙い、攻撃を仕掛ける。ハンナが死ねば、ノフロロも死ぬ。それが彼女の役割だ。そこまでやらなければ、ノフロロを守るクラッシャーをだしぬくことができない。

ベスは、涙を流していた。

つぎつぎと流れこんでくるハンナのイメージによって、彼女の意識は根底から揺さぶられた。

いま、ベスはハンナと一体になった。記憶と感情を共有し、その心は、ハンナのそれと完全に融合した。

カルロスとノフロロを殺さなくてはいけない。

心底、そう思った。

ベスは、あらたな使命を得た。

第五章　最後の審判

1

早朝の森を、ガレオンが行く。

ガレオンの車体上部に、トトがいる。端に腰かけ、周囲に目を配っている。

ガレオンの車内は、人で埋まっていた。タロス、リッキー、ダーナ、カルロス、ノフロロ。狭い車内に五人がひしめいている。しかも、カルロスとノフロロは、ちゃんとしたシートをよこせと要求した。となれば、車長席と射撃手席を譲って、リッキーとダーナがカーゴルームにもぐりこむしかない。トトに至っては、車外にでるということになった。

しかし、それは些細《ささい》な問題だった。

それよりも、もっと深刻な難問をタロスとダーナはかかえていた。昨夜は、そのことで、ほとんど言い争い状態になった。

カルロスとノフロロが、ハンティングの続行を主張したからだ。

ハンターがいなくなろうとも、地上装甲車が一輛きりになろうとも、たとえ、呉越同《ごえつどう》舟《しゅう》のようになってしまおうとも、カルロスとノフロロはアバドンを探す。探して狩る。

激しい口調で、ふたりはそう言い張った。

タロスもダーナも、これにはあてが外れた。カルロスとノフロロは、賭けをしているため、意固地なまでにハンティングにこだわっている。だが、賭けが成立しなくなってしまったいま、もうアバドン狩りに固執する必要はない。

ところが、ふたりの言い分は違った。

何がどうなろうと、ハンティングはやめない。かれらは、そのためだけに生きている。狩りをするなというのは、死ねと言われているのと同じだ。

口をそろえて、ふたりはそのように言う。

タロスにもダーナにも、まったく理解できない。

理解できないが、はっきりしていることがひとつある。

タロスにもダーナにも、それを止める権利がないということだ。また、それにより、護衛任務を拒否することもできない。いやだろうが、うんざりしようが、どこまでも付き合う必要がある。

とりあえず、少しガレオンの車内を改造した。カーゴルームにモニターやらコントロールパネルやらトリガーレバーやらを置き、それをガレオンの管制システムに接続した。有線の通話システムもつくった。

これで、所定の場所に担当者がいなくても、作戦指揮と火器管制が可能になる。タロスは操縦だけに専念すればいい。

車長はダーナがつとめることになった。射撃手はリッキーである。タロスとしては、トトに火器管制を委託したかったが、そうなると、リッキーを車外に放りださなくてはならない。さすがに生身の人間に、それは無理だ。

夜明け直後に、すべての作業が終わった。そのころ、ドクター・ナイルが息を引きとった。傷が深く、応急処置も効を奏しなかった。穴を掘り、森にナイルのなきがらを埋めた。

そして。

タロスが救難信号の発信を開始した。埋葬のあとで、カルロスとノフロロに向かい、発信開始をタロスが宣した。クライアントが合流したことにより、救難信号の発信を拒む理由がなくなった。通信は依然として不通状態だが、もしものときに備えて救難信号をだしておきたい。カルロスとノフロロを睨むように見つめ、タロスはそう言った。話はそれで決まった。

携帯食で朝食をとり、森の奥へ向けてガレオンは出発した。

それから一時間。

車内ではカルロスとノフロロがひっきりなしにわめき散らしている。

「まず、適当な場所を決めてキャンプだ」

カルロスが言う。

「またテロリストに囲まれたいのか？」

ノフロロが反論する。

「あてどなく走っていても、時間の無駄だぞ」

「熱源探査をしながら走るのだ。ひっかかったやつをひとつずつつぶす。動かない限り、アバドンにはめぐりあえない」

「数撃てばなんとかなるか。おまえらしい発想だな」

「臆病者のハンティングとは違うということだ」

「なんだと！」

「文句あるか」

「やれやれ」タロスの声がため息とともに、ダーナのもとに届いた。

「最初からこれかよ」

ダーナの耳たぶに小型スピーカーが貼りつけられている。そこからタロスのぼやきが流れる。

「我慢、我慢」ダーナが言った。

「それより、こっちはこっちで仲間を探す算段をしたほうがいいわよ。このままじゃ、こいつらに振りまわされるだけになるわ」

「たしかにそうだ」タロスはうなった。

「契約は契約として、手を打っとかないとまずいことになる」

「ちょっといいかい？」

ふたりのやりとりに、リッキーの声が割りこんだ。

「なんだ」

「なに？」

「外の様子がへんなんだ」リッキーは言った。

「さっきから聴音してるんだけど、森全体がすごくざわついている。ノイズがひっきりなしに響き、雰囲気がめちゃくちゃ悪い」

「ふむ」

タロスが鼻を鳴らした。

「その音、これに入れてくれる？」

耳たぶを指し示し、ダーナが言った。

「いいよ」

音がきた。

しばらくは、判然としなかった。タロスとダーナは息をこらし、耳を澄ませた。

ややあって。

不快な音が聞こえてきた。

森が吠える。そんな感じだ。複数の啼き声、咆哮《ほうこう》が幾重にも重なり、高く低く流れてくる。

その音に、金属音が混じった。ガレオンの外鈑《がいはん》を叩く、甲高い音だ。

トトが、タロスを呼んでいる。

タロスはガレオンを停めた。

ハッチをあけ、立ちあがった。

首を外に突きだすと、すぐ横にトトがいた。

「どうした？」

「森がおかしい」トトは言った。

「先ほどから、多くの生物が木々の間を移動している。空には鳥が舞い、地上はヘビに似た動物があふれている」

「ヘビに似た動物？」

タロスの頬がぴくりと跳ねた。

「何があったんだ？」

「停めていいとは言ってないぞ」

車長席と射撃手席のハッチがひらいた。そこから、カルロスとノフロロが顔を覗かせた。

「あぶない！」タロスが振り返り、大声をあげた。

「ハッチをあけちゃいかん」

怒鳴《どな》った直後だった。

空から黒い影が急降下してきた。

影はまっすぐにノフロロを狙う。

「わっ」

ノフロロが悲鳴を発した。

刹那。

トトが動いた。車体の上でジャンプし、ノフロロの前に跳んだ。その正面に立ちはだかった。

影がトトの胸に激突した。羽毛が散る。

「ぎいっ」

鋭い啼き声が響く。

猛禽《もうきん》だ。一羽の鳥が、長い爪とくちばしを、トトのからだに突きたてた。

「戻ってください！」

上体をめぐらし、ノフロロに向かってトトが言った。

「あ、ああ」

ノフロロとカルロスはあわてて首をひっこめた。ハッチを閉め、車内にもぐった。

タロスがレイガンをだした。蒼空めがけ、乱射する。威嚇《いかく》射撃だ。襲ってきたら、撃つ。その意志を見せつける。

「大丈夫？」

耳のスピーカーに、ダーナの声が入った。動顚《どうてん》するノフロロとカルロスの姿を見たのだろう。

「やばいぞ」タロスは言った。

「見渡す限り、敵だらけだ」

「敵？」

「ああ」

タロスはうなずいた。トトが猛禽を追い払った直後からだった。森の動物たちが、いっせいに姿を見せた。そこらじゅうにぞろぞろとでてくる。

サルに似たやつ。トカゲに似たやつ。ヒョウやトラのようなやつ。リス、ワシ、コンドル、オオカミ、ウマ。小動物は、巨大な群れだ。地上にひしめいている。その中でもっとも目立って数が多いのは、トトのいうヘビに似た生物である。しかも、それはヘビというよりも大型のミミズだ。数十センチはあろうかという細長いからだはぬめぬめと光って赤黒く、その全身が粘液によって完全に覆われている。目や鼻や口は、どこにもない。

「動物園も真っ青だな」タロスは言を継いだ。

「森に棲むすべての生き物が、俺たちの敵になった。味方は……たぶん、どこにもいない」

「戦うの？」

「無理だ」タロスはかぶりを振った。

「どこかに血路をひらき、逃げる。生き延びる道は、それしかない。ダーナ、指揮をとれるか？」

「いま、外部カメラの映像を見たわ」ダーナは答えた。

「数画面しかチェックできないけど、これは本当にふつうじゃない」ダーナは他人事《ひとごと》のように言った。

「あのヘビだかミミズだかを踏んだら、キャタピラが空回りしちゃうわよ」

「熱源、接近！」

　またリッキーの声が、ふたりの会話に割って入った。今度は、前よりも切羽詰《せっぱつ》まっている。

「上空から、ガレオンに向かって突っこんでくる」

「あれだ」トトが後方左手を指差した。

「イオノクラフトだ」

　一機のイオノクラフトが、木々の隙間を縫って、飛来してくる。

「あれは──」

　トトが絶句した。高性能の電子アイが、イオノクラフトの乗員の姿を捉えた。

「誰だ？　誰が乗っている？」

　タロスが訊いた。

「ベス」

　低い声で、トトはつぶやいた。

2

　ベスはハンドブラスターを構えていた。銃口をトトに向けている。

「どういうこと？」

ガレオンの車内では、ダーナが顔色を変えていた。行方不明になっていたベスがあらわれた。しかし、なぜか敵にまわったハンターたちのイオノクラフトに乗っている。ハンドブラスターを手に、ガレオンへと突き進んでくる。

トトはガレオンの上で低く身構えた。アンドロイドは銃器を持っていない。かわりに、その全身が武器となっている。

光条が疾《はし》った。

左右から、ビームがきた。あやういところで、トトはその攻撃をかわした。

イオノクラフトがいる。森の木々の間を縫って出現した。乗っているのはカマタとジャンだ。ベスは一種のおとりだった。顔を見せれば、クラッシャーは衝撃を受ける。一瞬、気をとられる。その隙を衝《つ》いて、横から仕掛ける。そういう作戦できた。

二機のイオノクラフトが、トトの頭上で交差した。その直後。ガレオンの速度が、がくんと落ちた。しかも、大きく蛇行する。

ミミズだ。ミミズに似た生物が群れをなして押し寄せてきた。無数のミミズが、地表をびっしりと埋めつくした。それをガレオンが轢《ひ》いた。

キャタピラが空転する。懸念していた状況に陥った。動物たちが、捨て身でガレオンに襲撃をかけてくる。

「キキッ」

鋭い啼き声が響いた。キャタピラが滑って速度の落ちたガレオンの車体に、何頭かの動物がよじ登ってきた。サルに似たたてがみの長い生物である。長い牙を剝きだし、甲高いうなり声をあげながら、トトを包囲した。

「………………」

トトは、無言でまわりを眺めた。足もとに鈍い振動が届く。ガレオンの反撃だ。群がってくる猛獣を機関砲で威嚇している。ガレオンの蛇行は、いっかなおさまらない。ガレオンはミミズの絨緞《じゅうたん》から脱出しようと、必死であがく、そのあがきがかえってスリップにつながっている。

「ぐぎいっ」

サルがいっせいに飛びかかってきた。

トトが回転した。右腕から電撃がほとばしった。すさまじい高圧電流だ。

「ぎゃっ」

悲鳴をあげて、サルが四方に飛んだ。電撃に弾き飛ばされ、ガレオンの車体から落下した。

そこへ。

黒い影が、降ってきた。

鳥だ。数羽の猛禽が、トトの死角を狙って急降下してきた。トトの頭部を直撃し、鋭利なくちばしと爪で顔面を裂いた。

電撃が散る。鳥がのたうつ。

人工皮膚がべろりとはがれた。額から左頬にかけて、皮膚が垂れさがり、トトの地肌があらわになった。銀色に輝く合金の頭骨だ。

サルがまたガレオンに飛び乗ってきた。猛禽もトトへの攻撃を繰り返す。

トトの全身が火花に包まれた。左腕だけでは、もう間に合わない。アンドロイドは、全身放電で対抗した。

四方八方に稲妻が燦《きらめ》く。さすがにこれは効いた。サルと鳥が、ひとかたまりになって、地上に落ちた。

と。

そのさまを見て、再びカマタとジャンが戻ってきた。さらにはベスもハンドブラスターのトリガーボタンを押した。

オレンジ色の火球が、ガレオンの車体後部を灼く。

「契約違反だ！」

車内に怒号が轟いた。

カルロスとノフロロである。

　ふたりとも、激怒していた。ハンターはいざ知らず、本来ならかれらの護衛をつとめなければならないクラッシャーが、ガレオンに攻撃を仕掛けてくる。これは許せない。

「なんとかしろ」ノフロロがダーナに向かい、叫んだ。

「でないと、法的処置をとる」

「リッキー」ダーナはカーゴルームで背後を振り返った。

「場所をかわって。あたしがトリガーレバーを握る」

「ダーナが？」

　モニター画面を凝視していたリッキーは、おもてをあげた。

「ええ」ダーナはうなずいた。

「妹の不始末は、あたしの不始末よ」

　ひったくるように、ダーナはリッキーの手から機関砲のトリガーレバーを奪った。

「やめろ。ダーナ」

　タロスが制した。が、ダーナはそれを無視した。クライアントに契約違反と言われたからには、もうダーナは引けない。きっちりとかたをつける。これはクラッシャーとしての意地だ。

　ガレオンの上では、トトが奮戦していた。

　カマタとジャンが執拗《しつよう》に撃ってくる。トトはアンドロイドだ。レーザーガンには強い。

熱はクラッシュジャケットで吸収され、ショックはボディのダメージとならない。タイミングをはかった。カマタとジャンのイオノクラフトが交わる、その一瞬を狙った。

電撃を放つ。イオノクラフトの動きを止める。

激突した。電撃によってコントロールを失ったイオノクラフトが、真正面からぶつかった。

カマタとジャンが宙を舞う。空中に放りだされ、地上へと落下した。

地上にはミミズがひしめいている。狂ったように押し寄せ、ガレオンのキャタピラに轢きつぶされていく不気味なミミズの群れだ。

その中にふたりが落ちた。

たちまち、その姿がミミズの群れの底に沈んだ。そこへ数頭のオオカミに似た生物が襲いかかった。

鮮血が噴きだした。短い悲鳴がトトの耳に届いた。食われている。ふたりのハンターがオオカミたちに。

「しえっ！」

異様な気合が空気を切り裂いた。

と同時に、何かがガレオンの車上へと降ってきた。

がんという衝撃をトトは感じた。首すじに、異変が生じた。

首をめぐらす。そこにレッド・Tの顔がある。

レッド・Tは苦よもぎの木の樹上にひそんでいた。そこにガレオンがきた。そこを通るようにカマタとジャンのイオノクラフトが誘導した。ふたりが執拗にトトを襲ったのは、そのためだ。

レッド・Tは大型の電磁メスでトトに斬りかかった。光り輝く刃が、トトの肩口にざっくりと食いこんだ。

トトが発光する。電撃が放射状に散る。

「ぐわっ」

レッド・Tがのけぞった。全身が痙攣《けいれん》した。

電撃は数秒で終わった。レッド・Tは崩れるように倒れ、ガレオンの上で転がった。ハッチの突起に胴体がひっかかり、そこで止まる。地上には落ちない。

トトは、正面に向き直った。自動修復機能が作動した。傷口に白い泡が噴出し、それが見る間に固まっていく。破損した回路や配線が直るわけではない。だが、ショートやこれ以上の損傷はひとまず抑えられる。

ベスがきた。大きくまわりこみ、左手上方から一気に突っこんできた。トトは、ガレオンの上で仁王立ちになっている。撃つならわたしを撃て。トトの目が、ベスにそう言っている。

機関砲がうなった。ダーナがトリガーボタンを押した。

銃弾がイオノクラフトの機関部を貫いた。

イオノクラフトが傾いた。推進力を失し、バランスが大きく崩れた。

ベスが転落する。イオノクラフトから足が離れ、地上に群がるミミズの中へと落ちていく。

機関砲の照準が、ベスを追った。ダーナがトリガーレバーを操る。目標はベスの頭部だ。完全に撃ちぬく、クラッシャーの名誉を守る手段は、それしかない。

声が流れた。

ガレオンの通信機のスピーカーからだった。

「こちら〈ミネルバ〉。援護する」

ジョウの声だった。

ダーナの動きが止まった。トリガーボタンにかかる指から、瞬時、力が抜けた。

ビームの雨が降ってきた。

ガレオンのはるか上空から。

火柱があがった。あたかもガレオンを包むかのように、幾条ものパルスビームが降りそそぐ。

大地が割れ、砕けた。苦よもぎの木が、つぎつぎと倒れる。地表がえぐられ、土の塊があたり一面に飛び散る。

ガス弾が落ちてきた。催涙《さいるい》ガスを吐きだす細長い筒だ。これも、〈ミネルバ〉から投下された。数はわからない。大量に撒《ま》かれた。

トトがガレオンの外鈑を蹴った。

ひらりと跳んだ。

弧を描いて落ちるベスのもとへとジャンプした。

キャッチする。その小さなからだを両腕で抱きかかえる。

大地に立った。その足もとで、ミミズが跳ねまわり、激しく躍りくるっている。催涙ガスに追いたてられ、さしもの狂乱集団も、この場に留まることができない。

トトは着地するやいなや、再び体をひるがえした。即座に、ガレオンへと引き返す。

二回の跳躍で、ガレオンの車上に戻った。ベスの上に上体をかぶせ、その身を守る。

「まっすぐ進め。全速力だ」

ガレオンにはジョウの指示が飛んでいた。広がるガスで視界が悪い。しかし、ジョウには、ガレオンと森の様子がはっきりと見えている。

「二キロ走って、停止」ジョウは言った。

「そこで、全員を〈ミネルバ〉に収容し、撤退する。ハンティングは終わった。アバドンに対し、最重要保護指定が適用された」

「ガレオンはどうするんだい？」

リッキーが訊いた。

「その場に放棄だ」

「ええっ？　それ、もったいない！」

「あほう」

タロスが苦笑した。

3

〈ミネルバ〉が撒き散らした催涙ガスの壁からガレオンが抜けた。もう敵対する生物はいない。

抜けた直後に、ガレオンが停まった。ハッチがひらき、そこからクラッシャーたちが飛びだした。

最初にでてきたのは、ダーナだった。すぐに車体をよじ登り、ベスをかかえたトトのもとへと行った。タロスが、そのあとにつづいた。こちらは気絶しているレッド・Tを回収する。

〈ミネルバ〉が、森の上でホバリングしていた。その真下に、ガレオンからでてきた全員が集まった。木の間ごしにワイヤーが降りてくる。ワイヤーは一本の長いそれをリング状につないだもので、フックが三メートルおきにはめこまれている。このフックにつかまると、〈ミネルバ〉の船内でワイヤーが回転し、フックが上昇する。つかまった人間は、そのまま〈ミネルバ〉まで引き揚げられていく。極めて原始的な方法だが、いまの状況では、これがいちばん確実な収容手段だ。

ベスをかかえたトト、レッド・Tをかついだタロス、リッキーの順番でフックにつかまった。

最後にダーナがフックを握ろうとした。

そこで、はっと気がついた。

人数が足りない。カルロスとノフロロだ。

肝腎《かんじん》かなめのクライアントの存在を忘れていた。

あわてて、ダーナは背後を振り返った。

けたたましいエンジン音が耳朶《じだ》を打った。

ガレオンの音だ。

動きだしている。ガレオンが。

ダーナは通信機のスイッチを入れた。それから、フックをつかんだ。

「ジョウ、ガレオンを止めて！」早口で言った。

「あれにカルロスとノフロロが乗っている」

ジョウは主操縦室にいた。

ダーナの通信を受け、急ぎ、ガレオンを呼んだ。

「馬鹿なことは、やめろ」マイクに向かって叫ぶ。

「アバドンを狩ることは、もうできない。さっき話しただろう。アバドンは最重要保護生物に指定されたんだ。ハンティングを続行するのなら、その時点で俺たちは契約を解除する。当然、ガレオンの無断使用も違法行為になる。すぐに引き返せ。そして、ガレオンから降りろ。でないと、こちらはその違法行為に対し、武力で対抗する。できれば、それは避けたい。繰り返す。すぐに停止しろ。そして車外にでろ」

「………………」

返答はなかった。いっさいの反応を、カルロスとノフロロは断った。

ガレオンが森の奥へと入っていく。

「どうなってるの？」

ダーナが主操縦室にきた。副操縦席についていたルーが立ちあがり、姉を出迎えようとしたが、右手をあげ、それをダーナは制した。いまは、それどころではない。

「無視された」

ジョウは答えた。主操縦室にはクラッシャー六人がひしめいている。ジョウ、タロス、リッキー、アルフィン、ルー、ダーナ。ベスとレッド・Tの世話はドンゴとトトにまかせた。ふたりはゲストルームで治療を受けている。

「アバドンのことしか頭にないのよ。あいつらは」吐き捨てるようにダーナが言った。

「何があろうと、ハンティングをつづける気でいるわ」

「仕方がない」ジョウはタロスに目を向けた。

「操縦を替わってくれ。ガレオンを返してもらう」

「〈ファイター〉で、でるんですかい？」

タロスが訊いた。〈ミネルバ〉のような外洋宇宙船で地上を自在に走るガレオンを追うのはむずかしい。そういう仕事は、小型機の領分になる。

「そうだ」ジョウはうなずいた。

「アルフィンとでる。できれば、話し合いで解決したい」

「搭載艇をだすのね」

「ああ」

ダーナが言葉をはさんだ。

「だったら、一機をあたしたちに貸してもらえないかしら」

「貸す？」

「ルーとトトに、〈ナイトクイーン〉を持ってきてもらうの」ダーナは言った。

「自分の船にいないと、落ち着かないわ」

「わかるぜ。その気持ち」

タロスがにっと笑った。

「いいだろう。格納庫にふたりを呼んでくれ」

ジョウは了承した。ジョウとアルフィンが〈ファイター1〉に乗り、ルーとトトが〈ファイター2〉を使うことになった。

アルフィンとジョウは、搭載艇の格納庫に向かった。

機体の離脱準備をしていると、ルーとトトがやってきた。

「並列の複座機ね」〈ファイター1〉と〈ファイター2〉を見たルーが言った。

「かわいい搭載艇じゃない」

機首をいつくしむように撫でた。

二機の搭載艇は、どちらもまったく同じデザインで仕上げられていた。平たい、エイのような外観だ。塗色も白一色で、違いはない。機体上面に赤の飾り文字で〝J〟が描かれているのも同じだ。前面に横長の窓があり、その下に記されている機名だけが異なっている。

「そっちに乗ってくれ」

ジョウがあごをしゃくり、〈ファイター2〉を示した。

「オッケイ」

ルーが右手をあげた。

アルフィンがルーのもとに近づいていく。

「落としたら、怒るよ」

ルーの前に立ち、言った。

「そんなむずかしいこと、できないわ」

ルーは、さらりと言葉を返した。

しばらく、ふたりは互いを見つめ合う。

ややあって、ともに明るく微笑んだ。

「うまくやってね」

ルーが言う。

「そっちこそ」

アルフィンがウインクする。

右手と右手で、ハンドタッチを交わした。

いつの間にか、ふたりの心がすっかり通じている。

〈ミネルバ〉で、ジョウとルーを救出したときのアルフィンはすさまじかった。

激昂《げっこう》して、荒れ狂っていた。

理不尽な怒りであることは、自分でもよくわかっていた。ジョウがあやういところで、仲間のクラッシャーを救った。ところが、敵の攻撃を受け、ハンドジェットが暴走してしまった。それだけのことだ。問題は、そのクラッシャーがルーであったことだった。よりによってルーである。ミス・ギャラクシーコンテストで美を競い合い、はえぬきのクラッシャーと元プリンセスのクラッシャーであることとの相克《そうこく》をアルフィンにもたらしたルー。

しかも、ルーはジョウの幼馴染《おさななじ》みだ。子供時代のジョウを知っている。同じ学校に通い、家族同士の交流もあった。

そんなルーが、ジョウに助けられた。その上、ふたりきりで一晩を過ごした。

許せない、許せない。許せない。

だが、誰も正面切って責めることができない。すべては不可抗力である。そもそも、アルフィンには、それを責める権利すらない。

そのことが、さらにアルフィンを苛立《いらだ》たせる。やり場のない怒りが、彼女の裡《うち》で増大する。それが、とげとげしい物言い、態度となって表にでる。

ロープで引き揚げられ、ジョウとルーが森の中の丘から〈ミネルバ〉の船内へと身を移した。

主操縦室に入ると、アルフィンが目を吊りあげ、唇を真一文字に結んでメインスクリーンを睨んでいる。

雰囲気が悪い。ものすごく悪い。

「ドノヨウナ状況デシタカ？　キャハハ」

ドンゴが、ジョウに尋ねた。よくできたロボットである。アルフィンにかわって、何がどうなったのかを聴取しようという配慮だ。

ジョウは、ノフロロのキャンプ地での混戦から、このサルの群れの棲む丘へと至ったいきさつを簡単に語った。

「あるふぃんハ、はんなトベすニ遭遇シタミタイデス。キャハ」ジョウの話を聞いたドンゴは、アルフィンが〈ミネルバ〉にきた経緯を説明した。

「シカシ、あばどんニ出会ッタ直後ニはんなトベすガ敵ニマワリ、あるふぃんハソノ場カラ逃ゲダサザルヲエナカッタ。ソシテ、いおのくらふとデ〈みねるば〉ヘト戻ッテキマシタ。キャハハハ」

「ベスにハンドブラスターで撃たれた？」

ジョウとルーの血相が変わった。ルーの顔からは血の気が引いた。

「イメージを見たのか？」

ジョウがアルフィンに訊いた。

「えっ？」

意外な一言に、仏頂面《ぶっちょうづら》でジョウを無視していたアルフィンが、思わず振り返った。

「イメージだ」ジョウは言う。

「アバドンによって送りこまれた、洗脳のイメージ」

「どうして、それを知ってるの？」

アルフィンの目が丸くなった。まさか、そのことをジョウに言われるとは思っていなかった。

「見たんだな」ジョウは、うなずいた。

「あのレポートは真実だったんだ」

「そうね」

ルーがジョウに視線を向けた。その目に、信頼と強い絆《きずな》の色がある。

「！」

また、アルフィンの血が激しく逆流した。

そこへ。

「キャハ。がれおんノ救難信号ヲきゃっちシマシタ」

ドンゴのけたたましい声が割って入った。

「位置確認。針路変更」

即座にジョウが指示を放った。

主操縦室がにわかにあわただしくなる。アルフィンもむくれているどころではない。

ルーがすうっと、アルフィンのもとに近づいた。

耳もとに唇を寄せ、小声で囁《ささや》いた。

「あなたがうらやましいわ。アルフィン」

ルーは、そう言った。

「………」

アルフィンはルーを見た。

「ジョウと、いつも一緒にいられるんだもん」

にっこりとルーは微笑んだ。

鮮やかな一撃だった。

これで、すべてのわだかまりが消えた。

「かっ、勝てない」

アルフィンはおのれの未熟を痛感し、深く反省した。

ジョウが主操縦席に着き、アルフィンが空間表示立体スクリーンのシートに入った。

ルーは副操縦席に腰を置いた。

大きく弧を描き、〈ミネルバ〉が反転した。

4

二機の搭載艇が、〈ミネルバ〉から発進した。

離脱し、二手に分かれた。

ジョウとアルフィンの乗る〈ファイター1〉は、森の上空を旋回する。ガレオンは救難信号を切った。しかし、熱源反応で居場所はすぐにわかる。

高度を下げた。ガレオンに接近した。

機銃掃射で威嚇射撃をした。ガレオンの周囲に弾着を集中させた。

ガレオンの電磁主砲が緑色に光った。うねる光条が、パルス状にほとばしる。

反撃を仕掛けてきた。

「やる気だな」

コクピットで、ジョウがつぶやいた。

「吹き飛ばしちゃおう」

アルフィンが言った。ルーというライバルを得て、意気盛んである。

「それは最後の手段だ」ジョウは首を横に振った。

「さすがに、いきなりそれはできない。まずはじっくりと攻めて、あいつらを消耗させせよう。ガレオンは地上装甲車の最高傑作だ。強引に攻撃したら、こちらのほうが足もとをすくわれる」

「ちっ」

指を鳴らし、アルフィンが舌打ちした。


一方。

〈ファイター2〉は、宇宙船を着陸させた台地をめざしていた。

標高百十二メートルのテーブルマウンテンだ。

宇宙船が見えた。最初に目に映ったのは、垂直型の〈ナイトクイーン〉である。鋭く尖った船首が、陽光を浴びて光を細かく散らしている。

高度を下げた。ゆっくりと台地のいただきが迫ってくる。

〈タンガロア〉と〈ポセイドン〉の船影を視認した。とくに、これといった変化はない。アルフィンから、テロリストは宇宙船を狙わなかったという報告を受けている。見た目は、そのとおりの状況だ。

「降りるわよ」

トトに向かい、ルーが言った。

「周囲に熱源はありません」トトはレーダーを確認した。

「異常な反応も――」

そこで、トトの声が途切れた。

「どうしたの？」

ルーが問う。

「台地に熱源があります」トトが言った。

「宇宙船のメインエンジンが作動状態です」

「なんですって！」

ルーの頬がひきつった。そんなはずはない。出発するときに確認した。〈ミネルバ〉にドンゴを残した以外、三隻の宇宙船はすべて無人で待機している。

と。

台地がぶれた。

びりびりと震えた。

違う。揺らいでいるのは台地ではない。宇宙船だ。二隻の宇宙船が、小刻みに船体を震わせている。

〈タンガロア〉と〈ポセイドン〉。

炎があがった。同時に、白煙が広がる。

上昇した。二隻の宇宙船が、台地から離れた。

「電波を捉えました」トトが言った。「無線でコマンドが送られています。自動操縦と無線での指示を組み合わせているものと推察されます」

宇宙船の高度が千メートルを超えた。〈ファイター2〉の高度は、いま現在五百メートル。一気に目の前から消えた。船外カメラが、その行方を追う。映像がメインスクリーンに入る。

「まずいわ」ルーは唇を嚙んだ。

「カルロスとノフロロが宇宙船に戻ったら、たいへんなことになる」

しかし、〈ファイター2〉一機では、二隻の宇宙船の飛行を阻止できない。

「ルーは着陸に専念してください」トトが言った。

「〈ミネルバ〉とジョウへの報告は、わたしがします」

「そうね」ルーはうなずいた。

「頼むわ」

操縦レバーを握り直した。アンドロイドの判断が正しい。ルーとトトは、とにかく〈ナイトクイーン〉に移る。それが先だ。その上で、なすべきことをする。

〈ファイター2〉が着陸態勢に入った。

通信が届いた。

トトからの緊急連絡だ。ジョウと、タロスはその知らせを同時に受けた。

やられた、とジョウは思った。カルロスとノフロロを侮《あなど》っていた。自家用の宇宙船に高度自動操縦システムを導入しているとは予想していなかった。偵察目的として連合宇宙軍の一部の艦船に採用されている特殊なシステムだ。銀河系有数の大富豪は、やることが違う。

とりあえず、ガレオンから離れた。コ・パイシートでは、アルフィンが目いっぱいカルロスとノフロロを罵《ののし》っている。

すぐに二隻の宇宙船と遭遇した。高度千メートルで水平飛行をしている。

「やられましたな」

〈ミネルバ〉がきた。タロスが他人事のようにつぶやいている。

悠然と航行する外洋宇宙船をジョウは眺めた。

何をするのか？

ジョウがいちばん知りたいのはそこだ。ガレオンを捨て、こいつに乗り移る気か。それとも、この船で〈ミネルバ〉や〈ナイトクイーン〉と戦うつもりなのか。

〈タンガロア〉と〈ポセイドン〉が動いた。

それは、いきなりはじまった。

カルロスとノフロロは、後者を選んだ。

二隻の船の船腹の一角がひらいた。

そこから、筒状の金属塊がばらばらとでてきた。直径五十センチ、全長は一メートルくらいだろうか。サイズは小さいが、数が多い。数百のオーダーで苫よもぎの森へと落ちていく。

爆弾投下？

一瞬、そう思った。

が、違った。

森に落ちた金属塊が発火した。

すさまじい炎があがった。

油脂焼夷弾《ゆししょういだん》。

数百の炎が、いっせいに森の中で湧きあがる。むろん、投下される油脂焼夷弾は、それだけではない。二隻の船は、まだ金属塊の投下をつづけている。位置を変え、森の隅々に落としまくる。

森が紅蓮《ぐれん》の炎に包まれた。

ただでさえ燃えやすい苫よもぎの森に、焼夷弾が降りそそぐ。火に油などという生やさしいものではない。炎は爆発的に広がった。一気に炎上し、森全体を赤く埋めつくした。

「…………」

ジョウは声を失った。眼前にあるのは、信じがたい光景だ。

たった一頭の幻獣を狩るために、森ひとつを焼け野原にする。

「なんなの。あいつら」

かすれた声で、アルフィンが言った。森を焼いてでもアバドンを燻《いぶ》りだし、決着をつける。尋常でない執念だ。常人には、理解不能である。

「どうします？」

タロスがジョウに訊いてきた。

「〈タンガロア〉と〈ポセイドン〉を落とす」ジョウは答えた。

「これは、明らかな稀少生物保護法違反だ。黙って見ていたら、同罪になる。宇宙船は無人だ。遠慮なく、落とせ」

「了解」

〈ミネルバ〉が、上昇してきた。〈ポセイドン〉の前に位置を定めた。〈ファイター1〉は後方から〈タンガロア〉に接近した。

二隻の船は、焼夷弾の投下を終了した。いまは、ゆっくりと旋回をしている。敵対する動きはない。

と思ったつぎの瞬間。

〈タンガロア〉が加速した。高度を下げ、〈ポセイドン〉の下へと、もぐりこんだ。〈ファイター1〉が追おうとする。

数条のビームがほとばしった。大口径の高エネルギービームだ。〈ファイター1〉が機体をひねった。あやういところで、ビームをかわした。〈ポセイドン〉だ。〈ポセイドン〉が奇襲をかけてきた。

〈ミネルバ〉が攻撃を開始した。ブラスターで、〈ポセイドン〉を撃った。

火球が船首を貫く。

〈ポセイドン〉も、ブラスターで反撃した。民間船とは思えぬ重武装だ。火球が〈ミネルバ〉をかすめた。〈ミネルバ〉は距離を詰められない。いったん転針し、〈ポセイドン〉から離れる。

〈タンガロア〉は降下をつづけていた。森の端をめざしている。森の先は、広大な草原だ。まっすぐ、そちらに向かっている。

「ジョウ！」アルフィンが言った。

「ガレオンが森からでてるわ」

コンソールのスクリーンに映像が入った。熱源レーダーで捕捉《ほそく》しているガレオンの光点が、草原の中にある。森の中心部に向かっていたはずだが、いつの間にかUターンしていた。二隻の船にクラッシャーが気をとられた隙を衝《つ》き、〈タンガロア〉との合流をはかったのだ。

〈ポセイドン〉がビームとブラスターを撃ちまくる。セオリーも何もない。照準すら設定せず、ただ放射状に破壊的なエネルギーをばらまいている。

「何してるの？」

〈ナイトクイーン〉がきた。ルーの声がスピーカーから響いた。

「〈ポセイドン〉が楯になっている」アルフィンが答えた。

「〈タンガロア〉を降ろし、カルロスとノフロロは、そっちに乗るつもりでいる。でも、この状態じゃ、それを止められない」

「加勢するわ」ルーが言った。

「とにかく〈ポセイドン〉を落としちゃおう」

二隻の船と、一機の搭載艇が〈ポセイドン〉を囲んだ。

ミサイル、ブラスター、レーザー砲を斉射した。輻《や》のように撃ってくる反撃は無視した。向こうがそうくるのなら、こちらも物量で対抗する。それしかない。

ミサイルが爆発した。それが〈ポセイドン〉の砲塔をつぎつぎと破壊した。

さらには、ブラスターの火球がメインエンジンを貫く。レーザー砲の光条が船体をずたずたに切り裂く。

〈ポセイドン〉は推進力を失った。爆発がつづく。エンジンが吹き飛び、船腹が破裂し、船首が砕ける。

落ちた。

燃えさかる炎に包まれ、〈ポセイドン〉が墜落した。

5

カルロスとノフロロがアバドンの姿を求めて森の中をガレオンで進んでいたころ。

肝腎《かんじん》のアバドンは森の外にいた。それも、百数十キロほど離れた場所に。

深夜、アバドンは森を離れた。ハンターたちとベスにイメージを与えたあと、アバドンは肩の上にハンナを載せ、森を駆けぬけた。草原を疾駆《しっく》した。

たどりついたのは、ニコラの残した小型シャトルの前だった。

そのシャトルの下に、アバドンはハンナを立たせた。すでに夜は明けている。あたりは朝の光に満ちていて、空が抜けるほどに青い。

アバドンは、あらためてハンナの意識にイメージを送った。これまでに起きたこと、アバドンが侵入者たちから受け取った数多くのイメージ。それらをすべて、ハンナの裡《うち》に流しこんだ。

そして。

ハンナの呪縛《じゅばく》を解いた。アバドンの支配下から、彼女を解放した。

しばらく反応がなかった。ハンナはうつろなまなざしで、ぼんやりと立ちつくしている。

ややあって、瞳に輝きが戻った。思考が回復し、自己を甦らせた。

眼前に、アバドンがいる。

グロテスクな生物だ。七本の角、七つの目、環境によって色の変わる皮膚。巨大な体軀。

しかし、ハンナはアバドンを恐れなかった。まっすぐにアバドンを見つめ、穏やかな表情で、その場にたたずんでいる。

ハンナの意識の中には情報があった。自分がなぜアバドンとともにここにいて、カルロスやノフロロが何をし、ハンターやクラッシャーたちがどうなっているのかをイメージで完全に見ることができた。

自分の好きにしろ。

アバドンのメッセージは、はっきりとしていた。

思うがままにやれ。

アバドンは、ハンナにそう言っている。

何をやるのか？

復讐だ。それしかない。

イゴールが死んだ。ニコラも殪《たお》れた。他の仲間は、いまこの星にいない。いるのはハンナただひとりだ。ノフロロとともに討たれるため、ワームウッドまできたが、皮肉なことに生き残ったのは彼女だけだった。

となれば。

やるのは彼女だ。ハンナが十一年にわたる怨念《おんねん》の決着をつける。アバドンのイメージは、それを支援すると告げている。

空が光った。

北の方角だった。

わずかなタイムラグがあり、音が響いた。どおんという太い音だった。それから、衝撃波がきた。不可視の壁に全身を打たれる。そんな感覚があった。

ハンナは首をめぐらした。

炎が見えた。宇宙船の噴射だ。白い帯が二本、蒼穹《そうきゅう》に伸びている。二隻の宇宙船が地上から発進した。

あの船は？

〈ポセイドン〉と〈タンガロア〉だ。

距離が離れている。宇宙船は豆粒ほどにしか見えない。しかし、ハンナにはわかる。彼女は〈タンガロア〉に乗ってこの星にきた。見まがうはずがない。

自動操縦だ。

状況をハンナは察した。通信が回復したのだ。アバドンとニコラが組み、森全体に通信管制をかけた。それをなんらかの方法で解除した。

通信が可能になれば、カルロスとノフロロは容易に宇宙船を遠隔操作できる。そのためのシステムをあの二隻の宇宙船は搭載している。

宇宙船が森の上空に至った。高度が低い。千メートルくらいだろうか。

とつぜん、宇宙船から何かが落下した。遠目だと、雨が降りだしたかのように見える。小さな塊《かたまり》を何百個も落とした。そういう感じだ。

落としたものが何か、これもまた、ハンナにはすぐにわかった。

血が音を立てて逆流した。背すじが冷たくなった。

油脂焼夷弾だ。

カルロスとノフロロは森を焼こうとしている。

アバドンを燻りだす。それが目的だ。

巨大な火の玉が、森にいくつも生じた。赤黒い炎が出現し、丸く膨《ふく》れあがった。音は聞こえない。だが、ハンナの耳の奥では、耳鳴りのごとく音が反響する。ごうごうと炎の音がうなる。

ハンナは凝固した。動けない。まるで金縛りにでもあったかのようだ。

クラッシャーの船がきた。ジョウの〈ミネルバ〉だ。〈ポセイドン〉と〈タンガロア〉の針路をふさいだ。攻撃を開始した。いきさつはわからない。森を焼いたことで、護衛契約を打ち切ることにしたのだろうか。とにかく、クラッシャーはカルロスとノフロロの敵にまわった。〈タンガロア〉が高度を下げた。〈ミネルバ〉に対し、〈ポセイドン〉が応戦をはじめた。クラッシャーは搭載艇も繰りだしているようだ。攻撃が〈ポセイドン〉に集中する。その間隙を縫って、〈タンガロア〉が、さらに高度を下げる。

と、あらたな船があらわれた。ダーナの〈ナイトクイーン〉だ。台地から、〈タンガロア〉と〈ポセイドン〉を追って発進したらしい。このままだと、〈ポセイドン〉ははさみ討ちになる。

そこでようやく、ハンナははっとなった。

我に返り、自分がなすべきことを思いだした。

シャトルに進んだ。タラップの手摺りに、端末の操作パネルがはめこまれている。そのパネルのカバーをひらき、キーを指先で打った。通信端末に接続する。

スピーカーから、声が流れた。

「何してるの？」

ルーの声だ。

「〈ポセイドン〉が楯になっている。〈タンガロア〉を降ろし、カルロスとノフロロは、そっちに乗るつもりでいる。でも、この状態じゃ、それを止められない」

これは、アルフィンの声。

「加勢するわ。とにかく〈ポセイドン〉を落としちゃおう」

また、ルーが言う。

そういうことなのか。

いい情報をもらった、とハンナは思った。

そういうことなら、まだ十分に間に合う。カルロスとノフロロを追いつめることができる。

イメージをアバドンに送った。

アバドンはイメージを読み、ハンナが何をするのかを理解した。

アバドンがハンナの横にきた。

ハンナは両腕を大きく広げ、アバドンの腰にその腕をまわした。

巨獣を抱きしめる。万感の思いをこめて、アバドンを抱擁する。

小型シャトルのタラップを昇った。

ハッチをくぐり、船内に入った。

船内は荒れていた。ニコラがあせって武器を運びだしたからだ。からになったコンテナや、火器を納めていたケースが床に散乱している。

ハッチを閉め、操縦席に着いた。エンジンを始動させる。それから通信機をオンにする。何よりもまず、仲間に知らせなくてはいけない。これで終わるのだ。もう誰も危険を冒す必要はない。すべての始末は自分がつける。

「復讐成る。帰還を待たず、去られたし」

ルクミンの星域にいる仲間に向け、メッセージを発信した。送り先は、このシャトルの母艦だ。宇宙のどこかで身をひそめ、事の成り行きを見守っている。

送信文は、まだ事実ではなかった。しかし、それは問題ではない。これから、必ずハンナが事実にする。何があっても、成しとげる。

ハンナはレバーを操作した。噴射がはじまった。

シャトルが上昇する。ゆっくりと地上から離れる。

高度をあげないようにした。隠密行動をしたい。この小型宇宙船で一撃必殺を狙うには、不意打ちをするしかない。そのためにも、低空を飛行しなければならない。

映像をキャッチした。メインスクリーンに〈タンガロア〉が映った。

草原の上だ。かなりハンナのほうに近づいている。

そこで、〈タンガロア〉はホバリングしていた。地表すれすれだ。何をしているのかまでは見えない。見えないが、わかる。カルロスとノフロロの収容だ。ふたりがいま、〈タンガロア〉に乗った。

〈タンガロア〉が再び移動を開始した。

クラッシャーの船がいる森から離れようとしている。ということは、こちらにくるということだ。

天が味方した。

ハンナは、そう思った。

いったん降下し、シャトルを草原に着陸させた。エンジンを切り、熱源とならないようにする。向こうがこちらにくるのなら、高度を低くするだけではだめだ。叢《くさむら》でアンブッシュし標的の接近を待ち受ける。それが最善手だ。

〈タンガロア〉がきた。五百メートル前後の高度を保ち、草原の上を疾駆してきた。

ハンナは迎撃の準備をした。

ハンドジェットをロッカーから取りだし、背負った。

しばし待つ。

勝負は、距離数キロのあたりだ。できる限り引きつけたい。

五キロを切った。〈タンガロア〉がほとんど目の前に迫った。

いまだ。

エンジンを再始動させた。

シャトルが地上から勢いよく躍りあがった。

6

ガレオンが草原にでた。

全速力で、森から離れる。スクリーンに映る森の映像が赤い。クラッシャーは〈タンガロア〉と〈ポセイドン〉にかかりきりだ。ガレオンを追う余裕をなくした。

森から数キロほど離れた。火勢から見て、まだ十分に安全な距離ではないが、そろそろ限界だ。あと一分で〈タンガロア〉が真上に到達する。

ガレオンを停めた。念のため、車体底面のハッチをあけた。

レイガンを手に、カルロスとノフロロはガレオンから脱出した。キャタピラとキャタピラの間にひそみ、外の様子をうかがった。

〈ミネルバ〉や〈ナイトクイーン〉が、こちらにくる気配はない。搭載艇も、森の上で釘づけになっている。

陽光の下に這《は》いだした。

頭上を見上げた。

かなりの速度で降下してくる〈タンガロア〉の船体が見えた。陽が翳《かげ》る。カルロスとノフロロの周囲が暗くなる。

「着陸は無理だ」カルロスが言った。

「ワイヤーで昇ることになる」

「なんでもいい」うなるようにノフロロが応えた。

「急げ」

〈タンガロア〉がホバリング状態に入った。ワイヤーが降りてくる。カルロスとノフロロは、フックをつかんだ。

船内に飛びこんだ。すぐに艦橋に向かった。

カルロスが主操縦席に着き、ノフロロが副操縦席にすわった。といっても操船ができるわけではない。ふたりがやるのは船のシステムに指示をだすことだけだ。あとはすべて自動操縦装置がやってくれる。命じられるがまま、戦闘もおこなう。

「いったん、ここから離れよう」

カルロスに向かい、ノフロロが言った。メインスクリーンには、クラッシャーによる猛攻で、火だるまになりつつある〈ポセイドン〉の船影が映っている。

「態勢の立て直しだな」

カルロスは小さくうなずいた。反撃は可能だが、いまここで不利な戦いをするのは得策ではない。逃げるのも作戦のうちである。

「この星域に私設宇宙軍を待機させている。そいつらを呼ぼう」

ノフロロはハイパーウェーブのスイッチを入れた。緊急呼集信号を発信した。これで、数時間もすれば、大艦隊がワームウッドに駆けつけてくる。いかなクラッシャーといえども、強力な戦闘艦隊相手ではひとたまりもない。

「まさか、これほど早く保護指定が認可されるとは思わなかった」

ぼやくようにカルロスが言った。

「どうせ、どこかの馬鹿どもが当局に圧力をかけたのだろう」ノフロロは憮然《ぶぜん》としている。

「最近はどこに行っても、その手のお節介連中だらけだ。ありとあらゆるところを徘徊《はいかい》し、ハンターを狩ろうとしている」

「われわれは、やつらの獲物《えもの》か」

「臆病で従順なウサギってとこかな」

「しかし、ウサギにも牙くらいはある」

「ときには、鋭い爪も飛びだす」

〈タンガロア〉が前進を再開した。高度は五百メートル。地表すれすれを滑るように移動する。森の火災は、いよいよ激しい。アバドンの姿を探したいが、いまは無理だ。

百数十キロを疾駆した。クラッシャーは、まだ追ってこない。ようやく〈ポセイドン〉を仕留めたところだ。状況によっては、どこかに着陸し、身を隠すという方法もある。

警報が鳴った。

予期せぬ警報だった。

レーダーが急速接近してくる飛行体を捉えた。

小型の宇宙船だ。地上から〈タンガロア〉めがけて、まっすぐに突き進んでくる。

クラッシャーの別働隊？

一瞬、そう思った。だが、そんなはずはない。これは、明らかに待ち伏せだ。クラッシャーにそんな余裕はなかった。

スクリーンに映像を入れた。

小さなシャトルが、映った。見たことのない機体だ。こんな宇宙船が、ワームウッドにいるはずがない。

テロリストの仲間。

まだひそんでいたのだ。

「落とせ！」ノフロロが叫んだ。

「あいつを撃墜しろ」

音声命令をシステムが受けた。即座に迎撃行動を開始した。が、間に合わない。〈タンガロア〉の高度が低すぎた。あっという間に、シャトルが間合いを詰めた。〈タンガロア〉は撃てない。近すぎる。迎撃システムのセイフティが働く。

「ちいっ」

カルロスが手動でレーザー砲を操作した。

ビームが疾《はし》った。

一条が、シャトルの船体を刺し貫いた。しかし、それは致命傷ではない。

シャトルが突っこむ。〈タンガロア〉の船尾へと突き進んでくる。〈タンガロア〉は懸命にそれを回避しようとする。弧を描き、逃げる。

激突した。〈タンガロア〉はかわしきれなかった。シャトルの機体が、〈タンガロア〉のメインエンジンを直撃した。

その直前。

シャトルの非常ハッチが吹き飛んだ。そこから、ハンナが飛びだした。ハンドジェットを背負ったハンナが、空中に躍りでる。

爆発した。

シャトルと〈タンガロア〉のメインエンジンが炎の塊になった。

ハンナが宙を舞う。爆風にあおられ、失速しそうになったが、かろうじて安定を保った。

〈タンガロア〉は推進力を失した。

「この役立たず!」

艦橋では、ノフロロがコンソールデスクを拳で打っていた。ここまできて、あんなカトンボのようなシャトルに足もとをすくわれた。怒りで顔が赤黒くなっている。

「だめだ」カルロスが呻《うめ》くように言った。

「降りるしかない」

ゆっくりと〈タンガロア〉が高度を下げた。のたのたとした動きだ。かろうじてサブノズルの下方噴射で船体を支えている。

「まずいぞ」ノフロロが言った。

「クラッシャーどもが追いついてきた」

レーダーに光点があった。草原でもたついている間に、〈ミネルバ〉と〈ナイトクイーン〉が追走をはじめていた。しかも、全速力での航行だ。百数十キロの差を埋めるのに、数分しかかからない。

〈タンガロア〉が不時着した。

巨体をなんとか地上に降ろした。エンジン部の出火が、すでに船体のそこかしこに移っている。自動消火装置で消しきれない。

急ぎ、カルロスとノフロロは船外にでた。

ハッチをひらき、タラップを伸ばす。転がり落ちるように、草原に立つ。

走った。とにかく〈タンガロア〉から離れなくてはいけない。この状況だと、いつ大爆発してもおかしくない。

ぜいぜいと息を切らし、カルロスとノフロロは草原を走った。

倒れそうになりながら、数百メートルを駆けぬけた。

「ま、待て」

最初に音《ね》をあげたのは、ノフロロのほうだった。

足が止まった。地面にがくりと膝をついた。

あえぐ。肩が激しく上下する。

カルロスは体をめぐらし、頭上を振り仰いだ。

すぐそこに〈ミネルバ〉と〈ナイトクイーン〉が迫っていた。

ポケットに手を突っこみ、カルロスはカードを取りだした。表面にボタンがプリントされている。そのボタンをカルロスは指で押した。

それから、ノフロロに向き直った。

「立て」カルロスは言う。

「立って、走れ。銀河系随一のハンターじゃなかったのか」

「むちゃを言うな」ノフロロは首を横に振った。

「いくら走っても、宇宙船が相手では逃げきれん」

「時間を稼ぐんだ」カルロスは言葉をつづけた。

「隠れ場所を見つけよう。見つからなければ、どこだっていい。獣穴でも、岩蔭でも、とにかく走りまわって隠れられるところを探せ」

「無理だ」

「そうだな」

声が響いた。カルロスの背後からだった。

ノフロロが硬直した。カルロスも、その場で全身を凝固させた。

うしろを振り向く。カルロスがぎくしゃくと首をまわす。首から下は、凝固したままだ。

クラッシャー。

ジョウがいた。その横に、アルフィンも立っていた。

ふたりとも、レイガンを構えている。カルロスとノフロロが二隻の宇宙船に気をとられているのを利用した。〈ファイター1〉の存在に気がついていない。その隙を衝き、低空飛行でふたりの行手にまわった。

「ゲームは終わりだ」ジョウが言った。

「森を焼いたのは、稀少動物保護法違反の現行犯になる。すでに銀河連合に事態を報告した。逃げれば、指名手配される。諦《あきら》めて、抵抗をやめろ」

「黙れ」カルロスはジョウを睨みつけた。

「小僧っ子に何がわかる。自分の星で、自分の獲物を狩るのだ。誰にも邪魔はさせない」

「往生際《おうじょうぎわ》が悪いわよ」アルフィンが前にでた。

「もう逃げ道はないの。すごんでも意味ないわ」

「そいつはどうかな」

カルロスがにやりと笑った。

つぎの瞬間。

足もとの叢《くさむら》が左右に割れた。そこから、銀色に光る球体が飛びだした。

光条がほとばしった。

7

カルロスの用意した切札は、ハミングバードだった。小型の浮遊ロボットである。直径数十センチの球体に、長さ一メートル前後の翼がついているのが基本形状だ。本体が円筒形をしたモデルもある。

本来は、業務アシスタント用のこのロボットに、カルロスは火器を組みこんだ。本体下部に、レーザーガンの回転砲塔がはめこまれている。

この戦闘用ハミングバードを、カルロスは〈タンガロア〉と〈ポセイドン〉に五基ずつ搭載してきた。

ノフロロが動けなくなったのを見て、カルロスはリモコンカードを操作し、〈タンガロア〉からハミングバードを呼んだ。三基が、炎上する〈タンガロア〉から飛びだして、カルロスのもとにやってきた。カルロスは、それを叢にひそませた。

アルフィンが一歩前にでたとき、カルロスは密《ひそ》かにカードのボタンを押した。

ハミングバードが叢からあらわれ、レーザーガンを撃った。

「がっ」

呻き声があがった。

アルフィンの声ではない。

ジョウだ。

アルフィンの眼前に、ジョウがいた。

ハミングバードが叢から上昇した瞬間。ジョウが大地を蹴った。頭から突っこむように、アルフィンの前にでた。

レーザーガンのビームが、ジョウに命中した。脇腹をかすめ、右に流れた。

呻きながら、ジョウは地表に落ちる。

からだを丸めた。丸めて転がり、レイガンをハミングバードに向かって突きだした。

連射する。パルス状に撃ちまくる。

ハミングバードをレイガンの光条が撃ちぬいた。三基同時だ。

その直後、ジョウは背中から叢に落ちた。アルフィンは棒立ちになっている。何が起きたのか、まだ完全に理解できていない。

カルロスがレイガンを構えた。正面に立つアルフィンの顔に狙いを定めた。

草原に銃声が反響《こだま》した。

「ぎゃっ」

悲鳴が、銃声に重なった。

カルロスが倒れた。鮮血が散る。左足だ。ふとももと膝を銃弾にえぐられた。

撃ったのは？

アルフィンの右手後方。十メートルほど離れた場所に、人影があった。

その人影を、カルロスとノフロロが茫然と見つめている。とくにノフロロの驚愕が大きい。口を大きくあけ、目を丸く見ひらいている。

ハンナだ。

ライフルを手に、ハンナが立っている。ハンドジェットを背負い、草原に蹌踉《そうろう》と立つ。

「ハンナ」

ようやくアルフィンが虚脱状態を脱した。ゆっくりと首をまわし、ハンナを見た。眉が跳ねる。思わず、息を呑む。

ハンナは血まみれだった。左腹部に金属片が突き刺さっている。鋭く尖った、大きな金属片だ。

体当たり寸前に、ハンナは小型シャトルからハンドジェットで脱出した。だが、それはあまりにも遅かった。空中に躍りでたハンナは、完全に爆風に巻きこまれた。砕けた宇宙船の破片が、ハンナを襲った。そのうちのひとつが、腹部に当たった。突き刺さり、皮膚を裂いた。肉を断ち割った。

それでも、ハンナは意識を保った。歯を食いしばり、ハンドジェットを操った。目は、〈タンガロア〉の行方を追った。

草原に〈タンガロア〉が不時着した。捨て身の攻撃だったが、一撃必殺にはならなかった。地上に降りた〈タンガロア〉から、カルロスとノフロロがでてきた。

ジョウがきた。搭載艇でカルロスとノフロロの正面に降り、ふたりの動きを止めた。

だが、カルロスがハミングバードを隠していた。上空から、草原を飛ぶハミングバード

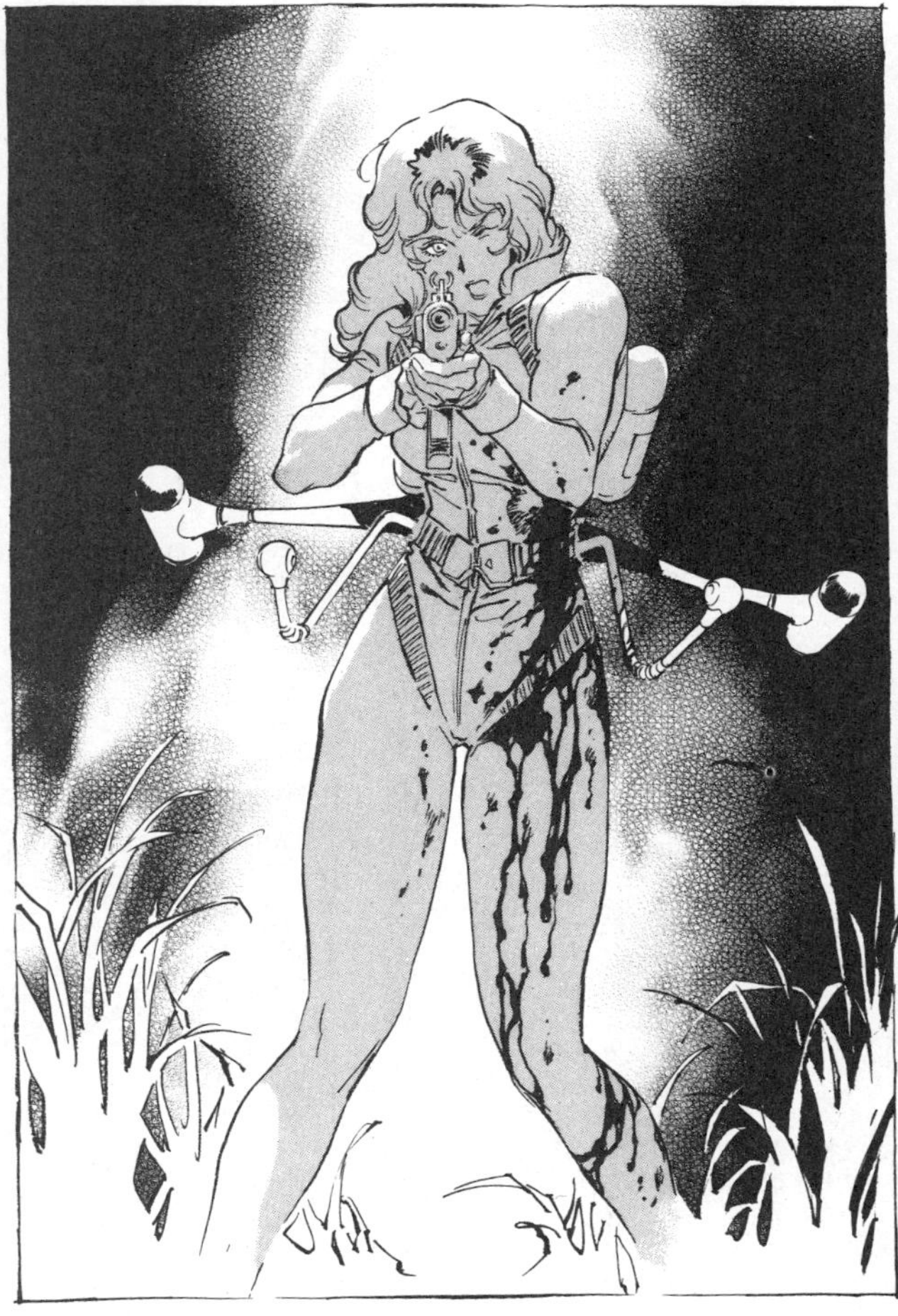

の姿をハンナは見た。それが武装していることは、よく知っている。

危険だと思った。あの存在を知らず、ふたりに近づいてはいけない。

急ぎ降下した。傷のダメージを圧《お》し殺し、地上に降り立った。

予想は的中した。ハミングバードの奇襲にジョウがやられた。アルフィンをかばおうとし、レーザーガンのビームを近距離で浴びた。

ハンナはライフルを突きだした。小型シャトルに残っていた唯一の火器が、これだった。

トリガーを引いた。カルロスの頭部を狙った。だが、命中したのは左足だった。腹部の傷で全身が痺《しび》れ、ふんばりが効かない。

力が抜けた。

ハンナの膝が折れた。がくりと腰が落ちた。上体をライフルの銃身で支える。

あと一発。いや二発だ。二度だけトリガーを絞れば復讐が終わる。カルロスとノフロロを仕留められる。なのに、からだが動かない。ライフルを持ちあげることができない。

「そういうことだったのか」

ノフロロが言った。ようやく声がでた。呼吸がととのい、身を起こすことが可能になった。

ノフロロはレイガンの銃口をハンナに向けた。

「どうりで、テロリストがわしらの位置を特定できたわけだ」ノフロロは言う。

「おまえが信号を放ち、かれらを誘導していたんだな」

「…………」

ハンナはおもてをあげた。睨むように、きっとノフロロを見た。

「これまでだ」ノフロロはつづけた。

「クラッシャーともども、きさまも始末してやる」

トリガーボタンに指がかかった。

時間が止まる。

ハンナは動かない。

ノフロロも動かない。いつでもハンナを撃つことができる。なのに、いっかな撃とうとしない。

なぜ、撃てないのか。

理由はイメージだった。

イメージがノフロロの意識に流れこんでくる。奔流のようなイメージだ。それに邪魔され、ノフロロは肉体の自由を縛られている。身動きがかなわない。

ハンナの背後に、アバドンがあらわれた。

ノフロロもカルロスも、一目見て、その生物がアバドンであるとわかった。

頭部が七つの角で飾られ、七つの目がノフロロとカルロスを冷ややかに凝視している。

「なに、これ？」

アルフィンが言った。驚きの声を発した。

あらわれたのは、アバドンだけではなかった。

無数の動物たちが、この場に集まってきた。

先ほど、ガレオンに襲いかかってきた動物たちだ。同じ個体かどうかは不明だが、種としては、見たことのあるものばかりだ。サル、トカゲ、ヒョウ、トラ、リス、オオカミ、ウマ。どことなく外観が似ているが、実際にはまったく別種の生き物たち。

アルフィンは、空を見た。そこにも多くの鳥型生物がいる。ワシ、コンドル、フクロウ、カラス。こちらもやはり、似ているのは雰囲気だけで、形状はテラ産のそれと大きく異なっている。

「く……」

呻きながら、ジョウが起きあがった。脇腹をビームに灼かれた。しかし、負ったのは致命的なやけどではない。ショックから脱したあとは、なんとか立ちあがることもできる。

「ジョウ」

アルフィンがジョウのからだをうしろから支えた。ジョウが撃たれたのは、アルフィンが油断したからだ。ジョウはアルフィンをかばって、こうなった。

「大丈夫だ」ジョウは低い声で言った。

「アルフィンが無事なら、それでいい」

「ジョウ」

「こいつはなんだ？」

あごをしゃくり、ジョウは訊いた。草原が無数の動物で完全に埋めつくされている。その動物たちの群れの中心にいるのは、カルロスとノフロロだ。そして、その眼前に、アバドンがいる。

「まるで天国って感じだな」つぶやくように、ジョウは言葉をつづけた。

「えらく荘厳《そうごん》な雰囲気があるぞ」

アバドンが前に進んだ。ひしめいている動物たちの壁が、すっと左右に割れる。そのあいだを、アバドンがゆっくりと移動する。啼き声はない。咆哮も響かない。動物たちは、じっとアバドンを見つめている。

アバドンが止まった。カルロス、ノフロロとの距離はおよそ二メートル。カルロスもノフロロも、まったく動けない。すでにふたりの周囲はびっしりと動物たちで埋まっている。たとえ肉体が反応しても、足の踏み場はない。その場に留まることになる。

ハンナが大地に崩れた。静かに倒れ、突っ伏した。彼女のまわりにも動物たちがひしめいている。

数秒の間を置き、ハンナは血の気の失せた顔をあげた。まだ双眸の光は失せていない。事の行く末を見届けたい。その思いが、瞳に強く宿っている。

審判の日がきた。

ハンナは、そう思った。

罪人がふたり、偉大な存在の前に引きずりだされた。かれらは、無数の精霊たちに囲まれ、偉大な存在と正面から向き合っている。

審判が下る。罪人が弾劾《だんがい》される。ハンナの魂はアバドンに受け継がれた。

波が押し寄せるかのように、動物たちが動いた。

ざわざわと蠢《うごめ》き、動物たちはカルロスとノフロロを覆う。

草原には、イメージが満ちていた。アバドンが送るイメージは、ハンナの心そのものだ。灼かれた森に棲んでいたすべての生物が、ハンナのイメージのもと、いまひとつになった。

短い悲鳴があがった。

爪がカルロスをえぐった。牙がノフロロを嚙み裂いた。肉が弾け、骨が砕ける。

動物たちが、ふたりの罪人を裁いた。断罪し、刑を執行した。

「ありがとう」

ハンナの唇から、囁くように言葉が漏《も》れた。

ハンナは微笑み、再び俯《うつぶ》せに倒れた。

イメージが絶えた。

草原から、ハンナのイメージが消えた。もうどこにもなかった。

8

動物たちが引いた。

押し寄せた波が、見る間に引いていく。そういう感じで、草原から動物たちは去っていった。あとには何も残っていない。カルロスとノフロロは服の切れはしも骨のかけらも残さず、この世から消えた。まるで奇術のワンシーンのようだ。

ジョウとアルフィンは、あらためてアバドンと対峙《たいじ》した。痛みに耐えて立ちあがったジョウの腰にアルフィンが腕をまわしている。武器は、ふたりとも持っていない。彼我《ひが》の距離は五メートルほどだ。

調査隊の残したメッセージが、ジョウの脳裏で渦を巻く。

「アバドンは、他種生物の意識を読みとります。また、他の生物に自身のイメージを送りこみ、その生物を支配下に置くことも可能です」

アバドンはまっすぐにジョウを見つめていた。七つの瞳。アバドンにはジョウがどのように見えているのだろう。いや、アバドンにとって、世界とはそもそもどのように映るものなのだろうか。

ジョウはアルフィンのからだを強く抱きしめた。意識を奪う生物。あらゆる動物をイメージで操り、その配下とする。しかし、アルフィンは渡さない。

「ジョウ」

アルフィンがジョウを見た。

「…………」

ジョウは、アルフィンから腕をほどいた。アルフィンの腕も、自分の腰から外した。

「何するの？」

アルフィンが訊いた。

「…………」

ジョウは答えない。無言のまま、アバドンに視線を据えている。

空白の時間が生じた。

わずか数秒だったが、ジョウとアルフィンにとっては、永遠にも等しい沈黙の時が流れた。

ジョウの足が動いた。

アルフィンを残し、ジョウひとりがすうっと前に進んだ。

アバドンの真正面で止まった。手を伸ばせば届く位置だ。

アバドンの顔を凝視し、ジョウは、イメージを意識に浮かべた。

謝罪のイメージである。人類を代表して、ジョウはアバドンに謝る。苦よもぎの森に、もう人間は手をださない。そこはアバドンのものだ。いま燃えさかっている火事は、われわれが消す。焼けた森の再生まではできないが、火は必ず消しとめる。

そういうイメージを、ジョウは意識の中でつくりあげた。そして、アバドンに送った。

しばし、間があった。

数分といったところである。

ジョウの意識に異質のイメージが流れこんできた。

かつて味わったことのない感覚だ。

異様。

そうとしか言いようがない。これがアバドンの力なのか。肌が知らず粟立《あわだ》つほどの、圧倒的な力だ。

イメージは判然としなかった。意味を読みとることができない。これが異種生命体同士のコミュニケーションの実体である。完全に理解し合うことは不可能だ。

しかし。

不思議なぬくもりを、ジョウは感じた。

穏やかで、静かで、やすらかなイメージ。

なによりも、そこには敵意がない。戦う意志が、存在していない。

ふっとイメージが失せた。一瞬だが、ジョウの意識が空白になった。

気がつくと、アバドンがジョウに背を向けている。アバドンのまわりに数頭残っていた動物たちも、それに倣《なら》った。くるりときびすを返した。

ゆっくりと去っていく。

アバドンの姿が草原の彼方に消えていく。

「ジョウ」

アルフィンがきた。いま一度、ジョウのからだを支え、左の手でジョウの右手を握った。

頭上で甲高い音が響いた。宇宙船の噴射音だ。

〈ミネルバ〉と〈ナイトクイーン〉が草原の上でホバリングしている。少し前からそこにきていたらしいが、ジョウとアルフィンはまったく気がついていなかった。

ダーナ、トト、ベス、リッキーが地上に降りた。

最初にハンナを埋葬した。なきがらの収容も考えたが、ここに葬るのがよいという結論になった。

それから、消火作戦を立てた。苦よもぎの森は、通常の森よりもはるかに可燃性が高い。どれほど水をかけても、完全鎮火はむずかしい。

〈ナイトクイーン〉が湖から水を運び、それを森に投下して火勢を少しでも弱める。その間に、〈ミネルバ〉が炎上地域を囲むように森の木を倒して帯状の空地をつくる。防火帯だ。延焼を阻止できれば、炎は防火帯の内側に封じこめられ、いつかは自然に消える。

すぐに行動を開始した。

夕方前に、防火帯が完成した。ごうごうと燃えさかる炎のまわりに、幅五百メートルの空地をつくった。森の木の六割近くが失われたが、全焼は免れた。ドーナツ状に、森は残った。

ジョウは、〈ミネルバ〉で森の上を周回した。

炎の勢いが、目に見えて弱まっている。あとは飛び火を抑えこむだけだ。〈ナイトクイーン〉の撒《ま》く水が、舞い散る火の粉をひとつずつ無力化する。

「ジョウ。あれ」

アルフィンが言った。メインスクリーンの映像を切り換えた。

画面いっぱいに、地上の光景が広がった。森の端にある台地の望遠映像だった。ワームウッドに無数にあるテーブルマウンテンのひとつだ。標高は三百メートルくらいだろうか。それほど高くはない。

台地のいただきに、アバドンがいた。あのアバドンかどうかは、わからない。だが、その台地に隣接しているのは、ジョウたちが入った苦よもぎの森だ。アバドンの習性を考えれば、そこにいるアバドンは、あのアバドンである。ひとつの森に一体のアバドン。それが原則だ。

青色巨星ルクミンが地平線に沈もうとしている。空が赤い。先ほどまでは炎の照り返しで赤黒くなっていたが、いまの色は違う。それは間違いなく夕焼けの赤である。

夕陽を浴びて、台地の上にアバドンが立つ。二本の脚で直立し、身じろぎもせず、自分の森を見つめている。

「神ですな」

タロスが言った。

「ああ」

ジョウはうなずいた。

アバドンは苦よもぎの森の神だ。

絶対的な支配者。誰もアバドンの意志には逆らえない。森の動物たちはアバドンのもとで生きる。そして死ぬ。

だが。

アバドンは孤独だ。

他者のイメージを読みとれてしまうからこそ、アバドンは孤独だ。

「俺たちのいう信頼の構築とは、誰かのために望んで心をひらき合うということだ」低い声で、ジョウが言った。

「相手のために、心をひらく。相手を信じて、自分のすべてをさらけだす。そういう行為によって、人間は孤独から脱する。ひとりで生きているのではないという実感を得る」

「アバドンは一方的に相手の心を見ちゃうんだね」リッキーが言った。

「何もかも見ることができるけど、誰も、喜んでそれを見せてくれてるわけじゃない。見られてしまうから、諦《あきら》めて見せているだけなんだ。神様って、なんかさみしいなあ」

「こちら〈ナイトクイーン〉」

通信が入った。スクリーンの一部に、ダーナの顔が映った。

「銀河連合の艦隊がこちらに向かっているわ」ダーナは言う。

「火事のほうは、あと二十時間ほど監視していれば大丈夫。再発火の確率は十パーセント以下よ」

「とんでもない仕事になったたな」

ジョウが応えた。

「まあね」

ダーナは微笑み、肩をすくめた。

「ジョウ！」

いきなり映像が変わった。ダーナが消え、ルーの顔のアップになった。

「ねえ、ジョウ」叫ぶように、ルーは言った。

「そんなださいチーム、捨てちゃおうよ。でもって、あたしと新しいチームを組もう。きっと銀河系一のチームになる。間違いない」

「なんですって！」

ジョウが反応するよりも早く、アルフィンの金髪がざわりと逆立った。目の端が吊りあがり、腰がシートから浮く。頬が紅潮した。

「そんなこと、許さない」激昂し、アルフィンは拳でコンソールデスクを殴《なぐ》った。

「やりたきゃ、ひとりでおやり。うちのジョウにちょっかいだしちゃだめ！」

「誰のジョウですって？」

「あたしのジョウよ！」

「嘘つくんじゃないわ」

「事実です！」

「半端なクラッシャーは、ジョウに似合わない」

「ほざいたわね」

「なによ」

「うるさい！」

「ふう」

タロスがため息をついた。

「やれやれ」

リッキーがコンソールに突っ伏した。

「うーん」

ジョウは頭をかかえ、うなった。

口論は終わらない。

それから三時間、つづいた。

エピローグ

「何ごとかね」

ダンがきた。議員会館のバーだ。エギルにとつぜん呼びだされた。話があるという。

「わざわざ、すまない」

エギルはボックス席にいた。グラスを掲げ、挨拶をした。

ダンが、ソファに腰を置く。ふたりの老クラッシャーは、テーブルをはさんで向かい合った。

「きょう、娘たちからメッセージが届いた」エギルはポケットからカードを取りだした。

「おもしろいので、それを直接、聞いてもらいたい」

「そういうことか」

いつもの酒が届いた。アラミス産の蒸留酒である。エギルがボトルを把《と》り、それをダンのグラスにそそいだ。

「こんな内容だよ」

エギルはカードにプリントされたボタンを指先で押した。

「おとうさま、お元気ですか?」ルーの声が流れた。

「この前、ジョウと一緒に仕事をしました。それで思ったのですが、ジョウをあたしたちの一族に迎えたら、どうでしょう。それは、必ず我が家の勝利となるはずです。ぜひ、検討してください。よろしくお願いします」

「どうだ?」

覗きこむように、エギルはダンを見た。

「どうだと言われても」ダンの顔には、とまどいの表情がある。

「さっぱり意味がわからない」

「そうだな」エギルはにっと笑った。

「わしにもわからん」

「おまえの娘とジョウか」

ダンはつぶやき、グラスを手に把った。

ふっとアルフィンの顔がかれの脳裏に浮かんだ。

金髪碧眼の、溌剌《はつらつ》とした少女。

「無理だろう」

酒を一口含み、ダンはかぶりを振ってぽつりと言った。

「やはりな」

エギルは自分のグラスをダンに向かって突きだした。

「乾杯しよう」

真顔になり、言った。

「ああ」ダンはうなずいた。

「乾杯しよう」

ふたりはグラスを合わせた。

軽やかな金属音が響いた。

本書は２００３年10月に朝日ソノラマより刊行された作品に加筆・修正したものです。

著者略歴　1951年生，法政大学社会学部卒，作家　著書『ダーティペアの大冒険』『ダーティペアの大復活』『連帯惑星ピザンの危機』『美神の狂宴』（以上早川書房刊）他多数

HM=Hayakawa Mystery
SF=Science Fiction
JA=Japanese Author
NV=Novel
NF=Nonfiction
FT=Fantasy

クラッシャージョウ⑨
ワームウッドの幻獣《げんじゅう》

〈JA970〉

二〇〇九年九月二十五日　発行
二〇一五年九月　十五　日　三刷

（定価はカバーに表示してあります）

著者　高《たか》千《ち》穂《ほ》遙《はるか》
発行者　早川　浩
印刷者　矢部真太郎
発行所　株式会社　早川書房
郵便番号　一〇一 - 〇〇四六
東京都千代田区神田多町二ノ二
電話　〇三 - 三二五二 - 三一一一（大代表）
振替　〇〇一六〇 - 三 - 四七七九九
http://www.hayakawa-online.co.jp

乱丁・落丁本は小社制作部宛お送り下さい。
送料小社負担にてお取りかえいたします。

印刷・三松堂株式会社　製本・株式会社フォーネット社

ISBN978-4-15-030970-1 C0193